Uma história da música
para crianças

Monika e Hans-Günter Heumann

Uma história da música para crianças

Ilustrações
Andreas Schürmann

Tradução
Tereza Maria Souza de Castro

© 2011, Martins Editora Livraria Ltda., São Paulo, para a presente edição.
© 2003, Schott Music GmbH & Co. KG, Alemanha.
Esta obra foi originalmente publicada em alemão sob o título
Musikgeschichte für Kinder - Eine spannende Zeitreise.

Publisher	*Evandro Mendonça Martins Fontes*
Produção editorial	*Alyne Azuma*
Capa	*Patrícia De Michelis*
Preparação	*Stéfano Paschoal*
Revisão	*Denise Roberti Camargo*
	Dinarte Zorzanelli da Silva
	Renata Dias Mundt
	Beatriz C. Nunes de Sousa
	André Albert

"Todos os esforços foram feitos para creditar devidamente os detentores dos direitos autorais das imagens aqui reproduzidas. No caso de eventuais equívocos ou omissões inadvertidamente cometidos, nos prontificamos a corrigi-los em futuras edições."

Dados Internacionais de Catalogação na Publicação (CIP)
(Câmara Brasileira do Livro, SP, Brasil)

Heumann, Monika
  Uma história da música para crianças : uma fascinante viagem no tempo / Monika e Hans-Günter Heumann ; ilustrações Andreas Schürmann ; tradução Tereza Maria Souza de Castro. – São Paulo : Martins Martins Fontes, 2011.

  Título original: Musikgeschichte für Kinder.

  1. Música - História e crítica - Literatura juvenil I. Heumann, Hans-Günter. II. Schürmann, Andreas. III. Título.

11-01455   CDD-028.5

Índices para catálogo sistemático:
1. Música : História e crítica : Literatura juvenil 028.5

Todos os direitos desta edição no Brasil reservados à
Martins Editora Livraria Ltda.
Av. Dr. Arnaldo, 2076
01255-000 São Paulo SP Brasil
Tel.: (11) 3116.0000
info@martinseditora.com.br
www.martinsmartinsfontes.com.br

Sumário

Apresentação 7
Queridas crianças 8

Primórdios da música (Da origem)
Primeira viagem no tempo 9
Vale a pena saber 16
Jogo da música 18

Civilizações antigas (por volta de 3.000 a.C.)
Segunda viagem no tempo 20
Vale a pena saber 28
   Mesopotâmia 29
   Egito 30
   China 32
   Índia 34
   Grécia 35
   Império Romano 37
Jogo da música 38

Idade Média (por volta de 600-1400)
Terceira viagem no tempo 40
Vale a pena saber 48
Jogo da música 54

Renascimento (por volta de 1400-1600)
Uma história interessante 56
Vale a pena saber 62
Jogo da música 66

Barroco (por volta de 1600-1750)
Quarta viagem no tempo 68
Vale a pena saber 76
Jogo da música 88

Pré-classicismo (por volta de 1720-1760) –
Classicismo (por volta de 1750-1820)
Quinta viagem no tempo 90
Vale a pena saber 100
Jogo da música 110

Romantismo (por volta de 1820-1900)
Sexta viagem no tempo 112
Vale a pena saber 118
Jogo da música 138

Impressionismo (por volta de 1900)
Vale a pena saber 140
Jogo da música 142

Música do século XX
Sétima viagem no tempo 144
Vale a pena saber 152
Jogo da música 160

Música dos povos
Uma história interessante 162

Índice remissivo 166
Fontes 175

Apresentação

A música, para mim, sempre teve um enorme poder transformador. Foi através dos sons que os homens primitivos começaram a se comunicar, antes mesmo do surgimento da linguagem. Sem falar no poder mágico do ritmo, com base no pulsar do coração e sobre o qual se desenvolveu o ritual da música em conjunto.

A música esteve presente em todos os períodos da História: desde a pré-história, passando pela Antiguidade, Idade Média e assim por diante, até os dias de hoje. É também através da música que conhecemos hábitos de diversos países, dos tambores africanos aos instrumentos de sopro feitos de chifres de animais, ou as cordas retesadas dos primitivos instrumentos de arco.

Hoje, diante do trabalho que venho realizando à frente da Orquestra de Heliópolis, na periferia de São Paulo, vivencio com alegria o quanto a música é revolucionária na formação de crianças e jovens.

Conhecer a história da música é parte essencial neste processo. Monika e Hans-Günter Heumann, neste livro, apresentam instrumentos, estilos musicais e compositores de forma lúdica e informativa.

Espero que você, jovem leitor, desvende este novo mundo com o mesmo entusiasmo com que um dia fui arrebatado quando a música entrou em minha vida.

Boa leitura!

Isaac Karabtchevsky

Queridas crianças,

quem de vocês nunca desejou fazer uma viagem no tempo? Aterrissar em outro século por um instante e deixar tornar realidade o que se vivenciou em sonho? Neste livro, vocês poderão empreender uma emocionante viagem pela história da música com duas crianças entusiasmadas por música, Clara e Frederico, e conhecer diversas épocas. Mas como será que funciona isto? Como se pode viajar para a Idade da Pedra ou encontrar músicos como, por exemplo, Mozart? Será que não é perigoso visitar uma outra época? Quem sabe... Mas leiam vocês mesmos as incríveis histórias e deixem-se transportar para um outro tempo!

Em cada viagem – dos primórdios até o século XX – há muita coisa que vale a pena saber. Isto será mostrado em quadros e em ilustrações. Vocês ficarão sabendo, por exemplo:
- fatos interessantes sobre a origem da música;
- quem foi o primeiro músico profissional, por volta de 3.000 a.C.;
- quais instrumentos eram tocados durante os espetáculos de lutas dos gladiadores na antiga Roma;
- como se denominavam os cavaleiros nobres que cantavam cantigas de amor de autoria própria nos castelos;
- quando e onde surgiu a ópera ou
- como se chamava o primeiro *superstar* da história da música.

Depois de tantas informações, vocês poderão se divertir com as historinhas dos grandes compositores e testar seus conhecimentos nos jogos da música.

Desejamos muita diversão e uma aventura empolgante.
Monika e Hans-Günter Heumann

Primórdios da música (Da origem)

Primeira viagem no tempo

– Ainda está longe? – pergunta Clara a sua mãe, e olha ansiosa pela janela do automóvel.
– Não, ali atrás do bosque começa o lago, mais uma curva e chegamos!
Realmente não demora muito e elas passam por um caminho com cascalhos em direção a uma casa velha e grande.

Ainda antes de o carro parar, a porta da casa é aberta bruscamente. Um garoto desajeitado corre ao encontro delas.
– Oi, Clara, até que enfim vocês chegaram! – exclama Frederico.
– Eu também mal podia esperar, Frederico. Que legal que eu posso passar as férias com você na casa dos seus avós.
Após os cumprimentos e um lanche, a mãe de Clara tem que voltar para casa.
– Sejam bonzinhos e não façam bobagens! – diz, e abraça sua filha. – O avô do Frederico precisa de silêncio para trabalhar. Ele está escrevendo – como acabou de me contar – um novo livro sobre a música na Antiguidade.
Frederico abre a porta do carro.
– Não se preocupe, não vamos aprontar nada. O que é que pode acontecer de emocionante por aqui? – diz, e com o olhar percorre o grande e idílico jardim. Será que não está enganado?

Primórdios da música (Da origem)

– Podemos dar uma olhada na casa, senhora Habermann? – pergunta Clara, depois de ajudar a avó de Frederico a lavar a louça.

– Mas é claro, e você também pode me chamar de vovó. – A velha senhora acena amavelmente com a cabeça para Clara.

As duas crianças percorrem os quartos, inspecionam o porão e até mesmo sobem ao sótão.

– Adoro depósitos velhos. Oh, veja todas estas coisas, Frederico! – Clara fica toda animada.

De um canto, seu amigo tira uma tuba empoeirada.

– Quando será que ela foi tocada pela última vez? – pensa, e sopra-a com as bochechas infladas.

– Pelo pó que está saindo, certamente no século passado – diz Clara, espirrando e abanando com as duas mãos na frente do rosto.

– Clara, olhe! Que aparelho é aquele? – Frederico limpa com um pano as partes cromadas e de vidro, muito sujas.

– Uau, que louco! – diz Clara, surpresa. – É uma vitrola velha! Será que aqui em cima há uma tomada?

– Sim, ali.

Clara pega o plugue e tenta ligá-lo na tomada. Frederico empurra um pouco o grande aparelho para perto de Clara.

– Bem, agora tem que dar certo. Estou curioso para ver se ela ainda funciona.

Clara assopra o último pó da vitrola.

– Ela é meio esquisita, e não há discos aqui.

Frederico mexe nos botões:

– Este aqui deve ser para ligar.

Primórdios da música (Da origem)

– Ah, vocês estão aqui em cima – a cabeça do avô aparece no alçapão. – Vocês descobriram a máquina de história da música mais depressa do que eu imaginava. Cuidado, Frederico, não ligue! Acho que agora tenho que contar tudo para vocês. Mas venham comigo até a biblioteca. Lá vai ser mais aconchegante, com um chazinho e alguns biscoitos.

– Bem, crianças, por onde devo começar? – pondera o avô, e dá uma mordida com gosto num delicioso biscoito. – Hum, as gotas de chocolate são o melhor de tudo! Bom – depois de tomar mais um gole de chá, ele se endireita na poltrona e começa –, já faz muito tempo. Naquela época, eu tinha acabado de terminar a faculdade de música, e então fui convidado, com alguns colegas, para uma festinha na casa de nosso velho professor. Ele era um homem de bom coração, mas – como devo dizer? – também um tanto excêntrico. Ele era sempre cheio de ideias, tanto que ninguém sabia o que poderia acontecer quando se estava com ele. Naquela noite, ele queria nos mostrar algo muito especial. Nenhum de nós sabia que ele era um inventor muitíssimo talentoso. Ele nos mostrou um aparelho; tratava-se – vocês já devem estar adivinhando – da máquina da história da música que vocês acharam no sótão. Num primeiro momento, todos pensamos o mesmo que vocês: uma vitrola com discos. Mas o professor esclareceu rapidamente nosso engano. Era uma espécie de máquina do tempo!

Clara engasga com uma migalha de biscoito e tosse. Frederico segura sua xícara de chá vazia na boca e respira fundo.

Primórdios da música (Da origem)

– É, foi o que aconteceu conosco, igualzinho, naquela época – diz o avô sorrindo.

– Ela funcionou de verdade? O que aconteceu? – perguntam as crianças, ao mesmo tempo, depois de um instante de espanto.

– Bem, o professor não nos deu tempo para pensar. Tivemos que segurar nas mãos uns dos outros, antes que ele apertasse alguns botões. Ele ainda nos alertou para que ficássemos sempre juntos, mas logo estávamos envoltos numa luz branca, cintilante, e o chão foi sugado debaixo de nossos pés. Foi quase como num parque de diversões: vocês conhecem aquele brinquedo que gira tão rápido que a gente fica de pé, grudado na parede – por causa da força centrífuga? Foi uma sensação parecida, a que tivemos na máquina do tempo... Quanto tempo durou não sei, mas de repente aterrissamos de forma nada suave no chão. Olhamos ao redor e percebemos que estávamos numa paisagem completamente intocada.

"O professor examinou uma caixinha que tinha tirado do bolso de seu paletó. Ouvimos quando ele murmurou: 'Que coisa, até hoje nunca tinha conseguido isso. Tomara que dê certo'. De repente, ouvimos um estrondo abafado que se aproximava cada vez mais. 'Professor, cuidado!' No último instante, consegui pegá-lo pela manga e puxá-lo para trás de um rochedo, antes que uma grande manada de cavalos selvagens passasse correndo ao nosso lado.

"'Gara manima, gara manima!', gritou uma voz. Era de um homem forte, envolvido em peles, que segurava uma lança. Era o chefe de um grupo de homens com aparência semelhante, todos saídos de trás de um rochedo. Dos cavalos selvagens só se via uma nuvem de poeira.

"Incrédulos e com o coração saindo pela boca, nós nos abaixamos na vegetação de um metro de altura. 'Não pode ser verdade', pensei, 'em que filme nós caímos?' O professor sussurrou: 'Ah, e essa agora! Na verdade eu queria ir com vocês para a Idade Média! Nunca imaginei que minha máquina do tempo pudesse nos trazer até a Idade da Pedra'. Ele bateu no aparelhinho com muitos botões, interruptores e uma agulha semelhante a uma bússola. 'Bom, meninos, suponho que estejamos numa época mais ou menos 30 mil anos antes de Cristo. Vamos aproveitar a oportunidade e dar uma olhada. Se seguirmos aqueles sujeitos, a coisa pode ficar interessante', disse, para nos animar, e partiu com passo resoluto.

"Aos poucos, tínhamos nos recuperado do primeiro susto e corremos atrás dele. 'Viagem de pesquisa à Idade da Pedra! Em casa ninguém vai acreditar na gente', eu disse ao meu melhor amigo, Max. 'Se é que vamos voltar para casa!', respondeu ele com um sorriso angustiado. Logo chegamos ao lugar que devia ser a casa dos caçadores.

Primórdios da música (Da origem)

"A certa distância, avistamos a entrada de uma caverna diante da qual havia muito movimento. Três mulheres estavam sentadas no chão, trabalhando uma pele com pedras cortantes, enquanto outra costurava duas peles com uma agulha de osso. A linha grossa era, supomos, o tendão de um animal. Um homem colocava pedras grandes e achatadas numa fogueira para, provavelmente, servir como grelha. Bem perto de nós, um menino entalhava um osso comprido. 'Vejam', sussurrou o professor, 'certamente isso vai virar uma flauta!'

"Então apareceram, na entrada da caverna, algumas crianças contentes, brincando umas com as outras e pulando em direção a uma mulher mais velha. 'Neru baha banihi', ela lhes disse, enquanto as crianças pegavam recipientes pequenos e corriam em nossa direção. Nossa respiração parou. 'Acho que eles estão indo colher frutinhas silvestres', sussurrou Max. 'O que vai acontecer se nos virem?' Antes que eu pudesse responder, apareceu diante de nós um menino com cabelos desgrenhados. Tenho certeza de que ele tomou um susto tão grande quanto o nosso. 'Tatarangu, tatarangu!', gritou e arregalou bem os olhos. Ele tirou de sua roupa de peles um pequeno chifre de animal e o assoprou com força. Num piscar de olhos, estávamos cercados por um bom número de homens da Idade da Pedra."

Primórdios da música (Da origem)

O avô pega o bule e se serve de mais um pouco de chá. Clara e Frederico estão sentados ali, quietinhos, e olham fascinados para os lábios dele. Mas ele faz uma pausa e termina de beber seu chá com toda a calma.

– E o que aconteceu então, vovô? – pergunta Frederico, ansioso.

– Bem – continua ele –, por alguns minutos apenas olhamos uns para os outros. Provavelmente, os homens da Idade da Pedra nos consideraram invasores que queriam lhes tomar sua casa-caverna. Mas como não tínhamos conosco nem lanças nem outras armas, logo a hostilidade se transformou em curiosidade. O professor mexeu em sua caixinha mágica e, de repente, as palavras dos homens ficaram compreensíveis. E imaginem: eles também conseguiam entender nossas palavras! Claro que só dissemos a eles que éramos de uma tribo muito distante; pois nunca entenderiam outra coisa.

"Aos poucos, ficaram mais confiantes e nos levaram até suas famílias. O professor logo começou – após algumas frases gentis – com sua pesquisa histórica musical. Após uma hesitação inicial, os homens estavam dispostos a mostrar seus instrumentos musicais, que serviam para a caça e também para os rituais mágicos. Zunidores, reco-recos, arcos musicais e flautas de osso foram expostos diante de nós. Eles nos mostraram como e para que se usava cada um dos instrumentos.

"Enquanto isso, mulheres assavam pedaços de carne sobre as pedras quentes que haviam tirado da fogueira com pedaços de pau. Ofereceram-nos a carne com frutinhas silvestres, cogumelos, raízes e frutas. Que banquete! 'Certamente ninguém festejou a formatura com uma refeição como esta!', disse Max. Logo escureceu, e as famílias se recolheram à grande caverna. Para nós, restou um lugar junto da fogueira, ainda acesa.

Primórdios da música (Da origem)

"Quando ficamos sozinhos, Max me pediu que o beliscasse. Foi o que fiz, e então ele percebeu que não era um sonho. O professor achou que aquele era o momento ideal para voltarmos para casa, e demos as mãos novamente. Demorou um pouco mais do que da primeira vez até que víssemos a luz branca e cintilante, pois as pilhas do aparelhinho estavam perdendo a força aos poucos. Mas, felizmente, logo aterrissamos no tapete da sala do nosso professor."

Todos ouvem a respiração de Clara, que bebe seu chá, já frio. Frederico olha para o avô com admiração.

– Nunca pensei que o senhor tivesse vivido uma aventura dessas quando jovem. Vocês trouxeram algum instrumento?

– Claro que não. Vimos quanto trabalho e esforço eram necessários para fabricarem aquelas coisas – respondeu o avô.

A vovó entra na sala.

– A história é quase inacreditável, não é? Para mim também foi quando a ouvi pela primeira vez. Só depois que... hum... Mas isso eu conto depois para vocês. O jantar está pronto!

Primórdios da música (Da origem)

Vale a pena saber sobre os primórdios da música

A origem da música

Não se sabe como tudo começou. Provavelmente, os homens primitivos tomaram consciência do ritmo de muitas atividades: bater com os pés, bater palmas e bater com paus ou pedras, por exemplo, em troncos ocos de árvores. Da imitação de sons de animais (cantos de pássaros) pode ter se desenvolvido o canto – segundo os mitos (lendas) dos povos, a música tem origem divina.

O *arco musical* é um instrumento simples que surgiu do arco de atirar e provavelmente é a origem de todos os instrumentos de cordas (aproximadamente 30 mil a.C.).

Os instrumentos musicais mais antigos

Os instrumentos musicais mais antigos encontrados são *apitos de falange* de ossos de patas de renas (final da pré-Idade da Pedra, mais ou menos 150 mil -100 mil a.C.). Nessas flautas só se podia tocar uma nota musical. Provavelmente serviam como instrumentos sinalizadores.

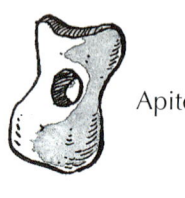

Apito de falange

Num desenho da caverna *Trois Frères*, no sul da França, está representado um homem vestido com pele de animal executando ritos* com um *arco musical* (mais ou menos 20 mil a.C.).

* Rito = cerimônia sagrada; prática religiosa.

Primórdios da música (Da origem)

Outros instrumentos musicais dos primórdios

A *flauta*, com até cinco orifícios, era utilizada como instrumento melódico (mais ou menos 70 mil a.C.).

Chifres de animais e conchas, que eram usados como sinalizadores, certamente já existiam no começo da pré-Idade da Pedra (mais ou menos 400 mil a.C.).

Reco-reco de osso: Com uma vara ou osso raspava-se sobre uma série de sulcos, produzindo, assim, determinado som (mais ou menos 80 mil-30 mil a.C.).

O *zunidor* é um pedaço de madeira ou osso preso a um tendão que era balançado acima da cabeça e produzia um zunido. Variando-se a velocidade do impulso surgiam diferentes sons (mais ou menos 80 mil-30 mil a.C.).

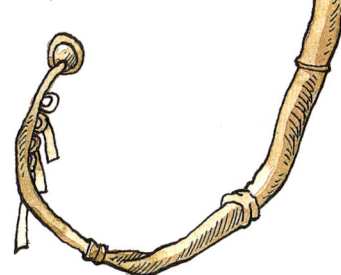

O *lur* da Era do Bronze (mais ou menos 1.300-700 a.C.) é um tipo especial de corneta. Foi encontrado em países nórdicos (Dinamarca, Noruega, Suécia), geralmente em pares.

Tambores de madeira existiram a partir de mais ou menos 4 mil a.C.; *tambores de argila com pele esticada* e *chocalhos*, mais ou menos mil anos mais tarde.

Primórdios da música (Da origem)

Jogo da música: Primórdios da música

1. Quais são os instrumentos musicais mais antigos já encontrados?
   a) zunidores
   b) reco-recos de osso
   c) apitos de falange

2. De que material são feitos os apitos de falange?
   a) de pedra
   b) de osso
   c) de bambu

3. Na caverna *Trois Frères,* no sul da França, está pintado um homem com um instrumento musical. Quando foi feita a pintura?
   a) mais ou menos 20 mil a.C.
   b) mais ou menos 10 mil a.C.
   c) mais ou menos 2 mil a.C.

4. A que se prendia o pedaço de madeira ou osso do zunidor?
   a) um barbante
   b) um cipó
   c) um tendão

Primórdios da música (Da origem)

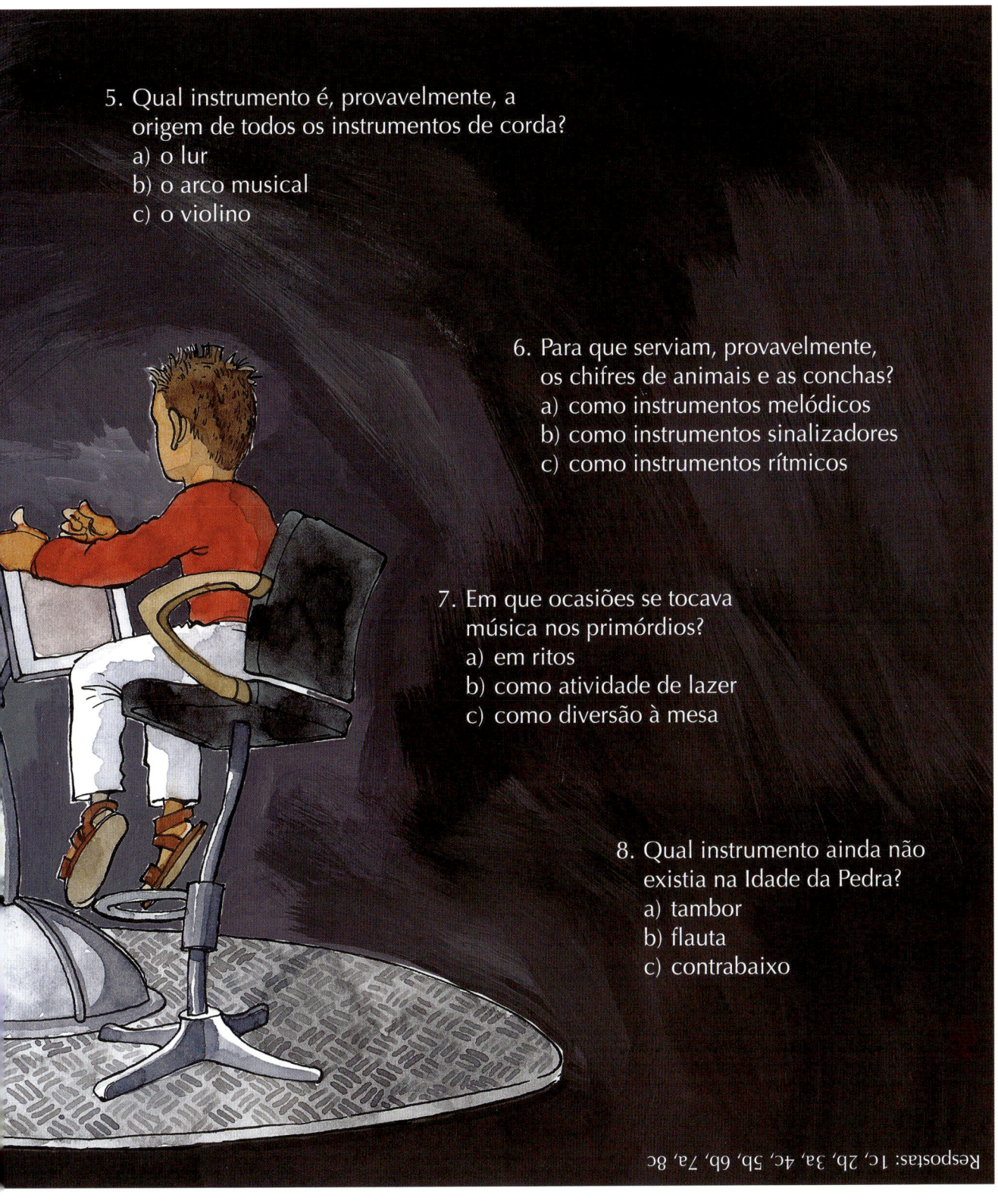

5. Qual instrumento é, provavelmente, a origem de todos os instrumentos de corda?
   a) o lur
   b) o arco musical
   c) o violino

6. Para que serviam, provavelmente, os chifres de animais e as conchas?
   a) como instrumentos melódicos
   b) como instrumentos sinalizadores
   c) como instrumentos rítmicos

7. Em que ocasiões se tocava música nos primórdios?
   a) em ritos
   b) como atividade de lazer
   c) como diversão à mesa

8. Qual instrumento ainda não existia na Idade da Pedra?
   a) tambor
   b) flauta
   c) contrabaixo

Respostas: 1c, 2b, 3a, 4c, 5b, 6b, 7a, 8c

Civilizações antigas (por volta de 3 mil a.C.)

Segunda viagem no tempo

– Bom dia – murmura Frederico à porta da sala de jantar, e passa a mão nos cabelos ainda despenteados.

– Também já estava mais do que na hora de você se levantar! – diz Clara, levando à boca o último pedaço de seu pãozinho do café da manhã.

Frederico senta-se à mesa e se serve de leite com chocolate:

– Ontem à noite eu não conseguia dormir – diz, depois de beber um gole. – Não conseguia parar de pensar na aventura do vovô. E então tive um sonho louco: eu estava na Mesopotâmia, na cidade de Babilônia, com a máquina do tempo.

– Onde é isto? – indaga Clara.

– Posso lhe explicar direitinho – responde a avó, que entra na sala com uma tigela de morangos bem vermelhos e cheirosos. – Acabei de colher! Vocês querem?

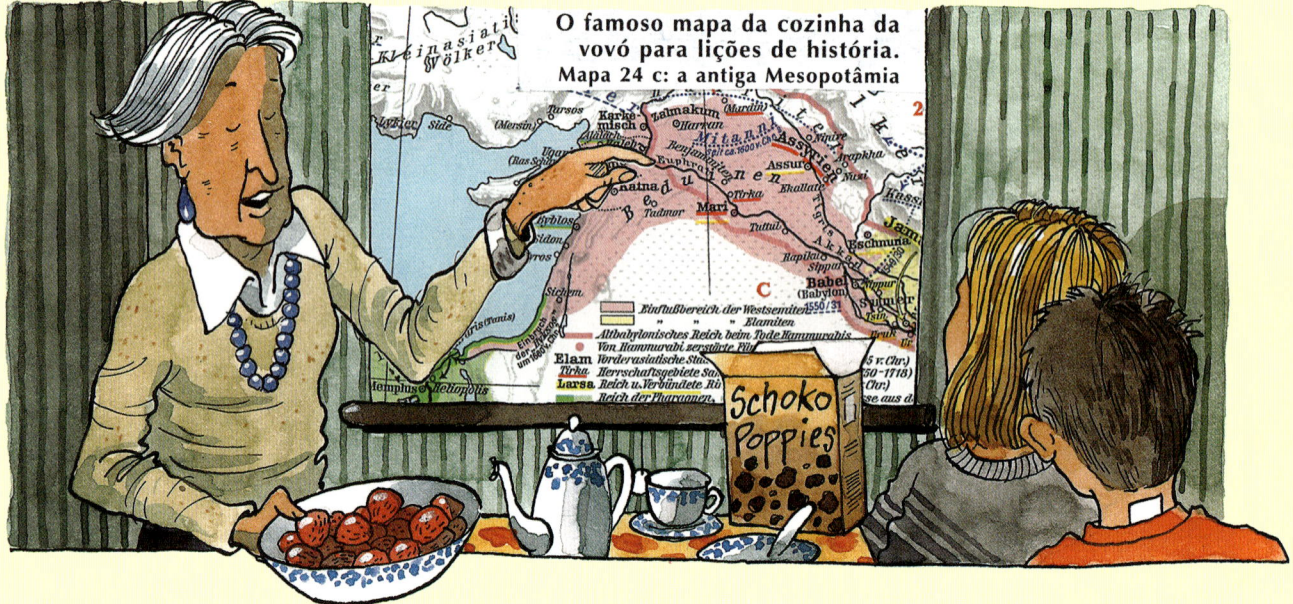

"Bem, Mesopotâmia era o nome dado à região entre os rios Eufrates e Tigre, que correspondia em grande parte ao que hoje é o Iraque. O nome Mesopotâmia vem do grego e significa 'terra entre dois rios'. Por volta de 3 mil a.C. reinavam lá os sumérios, que desenvolveram a primeira escrita, a chamada 'escrita cuneiforme'. Aliás, eles também inventaram a roda!"

– Em meu sonho, reinava na Mesopotâmia o babilônio Nabucodonosor II. Aprendi na aula de história que isso foi no ano de 600 a.C. – relata Frederico.

– Agora conte de uma vez o que você sonhou! – pressiona Clara, e lambe um pouquinho da geleia de framboesas do dedo. A avó também se senta, curiosa.

Civilizações antigas (por volta de 3.000 a.C.)

– Foi assim – começa Frederico. – Em meu sonho, aterrissei com a máquina do tempo numa cidade antiga ao lado de um gigantesco portal com azulejos esmaltados em azul, nos quais estavam representadas centenas de touros. Por sorte, ninguém notou minha presença, porque o dia ainda estava nascendo. Dei uma olhada e fui andando ao longo de uma enorme muralha. As casas tinham telhados retos como nos países árabes, mas em cima deles cresciam árvores e plantas. Era realmente muito lindo!

– Foram os Jardins Suspensos e o Portal de Ishtar que você viu no sonho – explica a avó.

– Quando quis olhar um templo grande mais de perto, vieram, de repente, dois guardas com longas lanças atrás de mim. No mesmo instante, dei meia-volta e corri o mais rápido que pude até o portal da cidade. Um dos homens me alcançou e me pegou pelo colarinho... – Frederico pega um pãozinho.

– E daí? – pergunta Clara, ansiosa.

– E então... acordei! – Frederico dá um sorriso malandro.

– Ah – diz Clara, e empurra a manteiga para o amigo.

Antes de começar a trabalhar na cozinha, a avó combina com as crianças a programação do dia:

– Acho que tenho uma boa ideia. Talvez possamos ir à tarde para a cidade e visitar o museu arqueológico. O que vocês acham?

As duas crianças se entreolham e concordam com a cabeça, entusiasmadas.

Civilizações antigas (por volta de 3 mil a.C.)

No museu, o avô se ofereceu como guia. Começaram a visita na seção de civilizações antigas.

– Vejam – diz Clara, e mostra um relevo em pedra, um homem tocando uma harpa maravilhosa. – O corpo do instrumento parece um touro!

– Harpista sumério do ano 3 mil a.C. – lê Frederico em voz alta.

– Os músicos eram muitíssimo respeitados na Mesopotâmia – explica o avô. – Na hierarquia, vinham logo depois dos deuses e reis. Nas guerras, eram sempre poupados, mas acabavam sendo levados pelos vencedores com o saque, para enriquecer a própria cultura musical.

– Como se sabe de tudo isso? – pergunta Clara.

– Muita coisa aconteceu há milhares de anos! – a avó se acomoda num banco. – Olhe bem ao seu redor! Ali atrás está um vaso grego onde está representada uma musicista com uma lira. E lá você vê uma cópia de uma pintura mural egípcia. Arqueólogos fizeram escavações no mundo inteiro e recolheram todas essas preciosidades. Assim como num quebra-cabeças, reconstruíram a imagem da vida de antigamente.

O avô pigarreia, e continua:

– A Bíblia, que pode ser considerada o mais antigo livro de história, também fornece inúmeros exemplos de que se fazia música na Antiguidade.

– É verdade – concorda Clara –, lá se fala das trombetas de Jericó!

– A orquestra de Nabucodonosor II, rei da Babilônia, também é descrita na Bíblia – diz Frederico. – Nosso professor de religião falou disso há pouco tempo.

Civilizações antigas (por volta de 3.000 a.C.)

– Mas como soava a música, isso só podemos supor – continua o avô –, porque as primeiras notações encontradas surgiram apenas por volta de 200 a.C. Mas eu tenho que confessar a vocês que sei um pouquinho mais do que outros musicólogos. Nunca falei a respeito, pois quem teria acreditado em mim?

As crianças aguçam as orelhas. Pressentem que agora vem mais uma história fascinante. Frederico puxa a amiga e os avós para um canto calmo e aconchegante onde podem se sentar:

– Certamente tem a ver com a máquina do tempo, não é? Por favor, conte!

– Está bem! Um ano depois de nossa viagem para a Idade da Pedra, meu professor me convidou mais uma vez para ir à casa dele. Disse-me que já havia feito viagens o bastante e estava ficando velho demais para aquelas aventuras, às vezes muito perigosas, e que eu era a pessoa certa para lidar com a máquina de maneira responsável. É, e assim me tornei o novo proprietário.

"Preparei durante muito tempo a primeira viagem que fiz com ela, apesar de ter sido difícil ter tanta paciência. Meu destino era o Egito! Aprendi detalhadamente todas as funções da máquina e tomei as devidas precauções. Quanto mais se aproximava o dia da partida, mais intensos a ansiedade e o frio na barriga. Quando chegou o grande momento, regulei a máquina para o ano de 1.340 a.C."

– Foi a época em que a Nefertiti governou, não foi? – pergunta Frederico.

– Foi, meu neto, você prestou bastante atenção à aula de História – elogia o avô. – Como da primeira vez, a máquina me envolveu numa luz clara, brilhante, e, apenas um instante depois, eu já estava sentado, com o coração palpitando, num grande monte de areia ou, melhor dizendo, no deserto!

"Mas como eu era jovem e tinha uma grande sede de aventura, encarei aquilo com muita calma. Subi numa duna alta para ter uma visão geral. No horizonte, eu podia ver a silhueta de uma cidade inteira. Um templo se sobressaía e um palácio brilhava ao sol; foi exatamente para lá que eu quis ir.

Civilizações antigas (por volta de 3 mil a.C.)

"'Tomara que não seja uma *fata morgana**', pensei, e iniciei minha caminhada. O caminho era mais longo do que parecia. Depois de algumas horas, a areia foi aos poucos sendo substituída por solo firme e surgiram os primeiros arbustos e tamareiras. Logo havia, diante de mim, um caudaloso rio: o Nilo. Sentei-me à sombra de uma palmeira e descansei um pouco. Ouvi vozes, não distantes de mim, e o mugido de vacas. Alguns felás** estavam arando um campo com bois e um arado de madeira. Então vi algumas casas. Corajoso, fui naquela direção.

"Duas mulheres estavam assando pão sírio, e um aroma delicioso chegava até mim. O longo caminho havia me dado fome. Quando elas me notaram, ofereceram-me algo para comer e para beber, o que aceitei com alegria. Devem ter achado que eu era um viajante, pois havia me vestido, em casa, com uma roupa que correspondia mais ou menos à daquela época. Logo fiquei rodeado por muitos aldeões que me observavam com curiosidade. Certamente não chegavam muitos forasteiros àquela aldeia. Alguns foram buscar instrumentos musicais e começaram a tocar. Um tocava uma flauta, enquanto outros o acompanhavam com chocalhos e matracas de madeira.

"Após um bom tempo agradeci-lhes e dei a entender que queria atravessar o Nilo. Levaram-me até um pescador que ia justamente zarpar com seu barco – feito de papiro. Remando, levou-me com segurança até a outra margem, e eu pude então continuar meu caminho até o palácio.

"Em casa, eu já havia armado um plano para conseguir chegar até o faraó, o rei, sem perigo. Apresentei-me como um mercador que fizera o longo caminho desde a Grécia para oferecer suas preciosidades. Por sorte, eu havia aprendido grego antigo na escola, então meu truque era perfeito."

– Já entendi o recado – diz Frederico. – Não se estuda só para a escola, mas para a vida! Mas o senhor certamente não sabia que um dia poderia levar isso tão ao pé da letra, não é?

– É verdade! – diz o avô sorrindo, e continua:

* Ilusão de ótica causada por miragem. O nome desse fenômeno tem origem na lenda popular da fada Morgana.
** Camponeses.

Civilizações antigas (por volta de 3.000 a.C.)

– Cheguei então aos portões do palácio e pensei que tivesse atingido meu objetivo. Mas não é tão simples assim ser recebido por um rei egípcio! Tentei de tudo: mostrei o saquinho de veludo com pedras semipreciosas, lindamente lapidadas, que eu havia comprado por precaução numa loja de departamentos, e até ofereci "minha habilidade de vidente".

– Você é vidente? – surpreende-se Clara.

– Com um livro de História debaixo do braço, qualquer um pode ser! – pisca o avô.

"Como fui muito teimoso, levaram-me até um funcionário superior, provavelmente responsável pelo comércio. Espalhei minhas pedras preciosas sobre uma mesinha com pés de crocodilo. Muitas delas ele nunca tinha visto. Ele deu a entender que eu deveria esperar e desapareceu com um punhado de pedras por um corredor escuro.

"Assim, tive tempo de olhar em volta e absorver aquela atmosfera, para mim, única e estranha. De um pequeno recipiente de argila subia até meu nariz o aroma de um óleo etéreo. De repente, comecei a ouvir uma música bem suave. Sem pensar na ordem do funcionário – de que eu deveria ficar naquele aposento –, caminhei em direção aos sons. Duas jovens egípcias tocavam grandes harpas com muitas cordas. Fascinado, parei na entrada da sala e fiquei ouvindo.

Civilizações antigas (por volta de 3 mil a.C.)

"Subitamente uma mão agarrou firmemente meu ombro e um par de olhos faiscantes, bravos, me olharam como se me perfurassem. Acho que nunca em toda a minha vida me assustei tanto! O homem berrou comigo numa língua que eu não conhecia, antes de desaparecer tão rapidamente como havia surgido.

"Antes que eu entendesse a situação, já estava ao meu lado um guarda com uma lança assustadoramente pontiaguda. Por sorte, reapareceu naquele instante o funcionário, que explicou que nenhum forasteiro podia entrar nos aposentos femininos do palácio. Perguntei a ele sobre o misterioso homem e fiquei sabendo que era o faraó Amenófis IV – mais conhecido como Akhenaton – em pessoa. E que eu devia minha vida apenas às pedras preciosas, que o faraó pretendia dar de presente de aniversário à sua esposa, Nefertiti."

Podia-se ouvir a respiração de Clara e Frederico.

– Certamente você ficou orgulhoso por ter levado o presente para Nefertiti – diz Frederico.

– O que o pessoal da loja de departamentos diria se soubesse que suas pedras preciosas foram diretamente para a rainha Nefertiti no Egito! – Clara dá um risinho. – Mas diga, o senhor a viu?

– A rainha deve ter ficado tão encantada com aquelas pedras diferentes que ordenou que me convidassem para uma grande festa à noite. Levaram-me até aposentos maravilhosos onde eu poderia descansar. Escravas me trouxeram vestes preciosas e me prepararam um banho que tinha o aroma da magia de todo o Oriente.

"À noite, fui conduzido ao salão de festas, diretamente para o faraó e sua esposa. Pelos livros eu sabia que deveria beijar o chão diante dele, para demonstrar meu respeito e minha consideração. Parece que aquilo o deixou mais indulgente. Provavelmente já havia esquecido o incidente nos aposentos femininos. Então, lá estava eu, com o faraó Akhenaton e sua lindíssima esposa Nefertiti, experimentando comidas e bebidas de gosto um tanto estranho para nosso paladar.

Civilizações antigas (por volta de 3.000 a.C.)

"Muito impressionante foi a apresentação dos músicos da corte e as danças de algumas escravas."

– Que sorte a sua que naquela época nós ainda não nos conhecíamos – a avó olha para ele, rindo, e o provoca.

– Mas, crianças, vocês sabiam que, no começo do século XX, foi encontrado em escavações um busto de Nefertiti pintado há mais de 3 mil anos, que ficou muito famoso e hoje está no Museu Egípcio de Berlim?

– Eu já vi! – exclama Clara. – Falta a cor de um dos olhos, não é? A rainha deve ter sido mesmo linda!

– Durante a noite, preparei com toda a calma minha viagem de volta para o nosso tempo, que aconteceu sem problemas – diz o avô, finalizando sua história. – Bem, e agora, antes de convidar vocês para tomar um sorvete, vamos finalmente ver as outras salas do museu!

Civilizações antigas (por volta de 3 mil a.C.)

Vale a pena saber sobre a música das civilizações antigas

A época das civilizações antigas começou cerca de 3 mil a.C. Surgiram opulentas cidades, criaram-se magníficas obras de arte e desenvolveram-se cada vez mais instrumentos musicais.

Como se sabe sobre a música das civilizações antigas?

- Por instrumentos musicais encontrados em escavações;
- por achados arqueológicos, como relevos em pedra ou pinturas com motivos musicais (arqueologia = ciência da Antiguidade);
- por textos de registros antigos;
- pela Bíblia.

Harpistas – Egito, cerca de 700 a.C.

Como soava a música?

Apesar de muitos instrumentos musicais, imagens e textos conservados, pouco se sabe sobre o som da música antiga.

Representação de um grupo musical de animais: o burro toca uma *grande lira* que o urso segura. A raposa tem um *chocalho* na pata e toca um *pandeiro*. Abaixo, um homem-escorpião dança com uma gazela. (Mesopotâmia, 2.450 a.C.)

Em que ocasiões se tocava música?

- Em ritos religiosos;
- em torneios;
- para dançar;
- para acompanhar refeições e festas;
- em ações militares;
- no trabalho.

Ilustração numa taça: um grego tocando aulo e outro bebendo e cantando – Grécia, por volta de 480 a.C.

Civilizações antigas (por volta de 3.000 a.C.)

Mesopotâmia

A Mesopotâmia era a terra fértil entre os rios Tigre e Eufrates. Correspondia mais ou menos à região do atual Iraque. Os sumérios governaram a partir de cerca de 3 mil a.C. numa parte da área. Posteriormente, a partir de mais ou menos 1.800 a.C., os babilônios assumiram o governo e, a partir de 1.400 a.C., os assírios.

Instrumentos musicais da Mesopotâmia

Instrumentos de corda:
- lira (de pé, de colo)
- harpa (arqueada, angular)
- alaúde (de braço longo)

Instrumentos de sopro:
- flauta
- charamela dupla
- trombeta

Instrumentos de percussão:
- claves ou bastões sonoros
- chocalhos
- tambores e tímbales

Que tipo de música existia na Mesopotâmia?

Diversos achados indicam que a música estava intimamente ligada à religião e, por isso, era frequentemente tocada por sacerdotes e sacerdotisas músicos. Vários nomes são até mesmo conhecidos. Na maioria das vezes, a música se ligava à língua, portanto, ao canto. Algumas imagens, porém, também mostram pequenas orquestras e outras cenas musicais em torneios, danças e refeições.

Você sabia que a cítara era o instrumento mais importante para os sumérios? "Cítara" é a denominação geral de instrumentos musicais com caixa de ressonância, dois braços e uma barra transversal que serve para segurar as cordas. Pertencem à família da cítara, por exemplo, a lira, a cítara grega, a fórminx e o bárbitos.

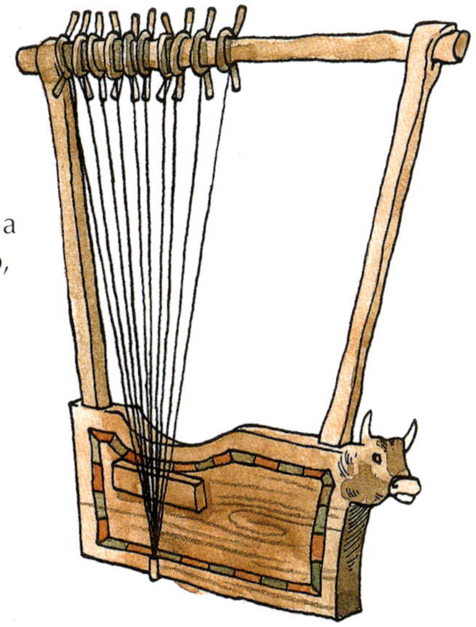

Grande lira suméria em forma de touro, encontrada nos túmulos reais de Ur (por volta de 2.500 a.C.).

Relevo em pedra assírio por volta de 700 a.C., no qual músicos são vistos com duas *harpas angulares*. As cordas são tocadas com um plectro (palheta).

Antigamente os músicos eram pessoas respeitadas?

Sim, na hierarquia, vinham logo depois dos deuses e reis. A música era considerada um bem valioso. No caso de vitória numa guerra, os músicos eram poupados, mas levados como "saque" para enriquecer a cultura musical do conquistador.

Civilizações antigas (por volta de 3 mil a.C.)

Egito

No Egito, país às margens do Nilo, distinguiam-se três grandes épocas ou reinados após o primeiro faraó (rei), por volta de 3 mil a.C.:
- Império Antigo: a época das grandes pirâmides, sendo Mênfis a capital.
- Império Médio (por volta de 2 mil a.C.): a época das guerras, sendo Tebas a capital.
- Império Novo (por volta de 1.550 a.C.): apogeu da cultura egípcia e do comércio.

Como se sabe sobre a música do Egito?

- Arqueólogos descobriram pinturas com temas musicais nas paredes dos sarcófagos dos faraós.
- Alguns sarcófagos continham também valiosos instrumentos musicais para a vida no além.
- Foram decifrados caracteres egípcios – hieróglifos – em pedras ou rolos de papiros e, assim, foi possível obter informações sobre a música.

A famosa esfinge egípcia – o símbolo do domínio entre os egípcios; atrás, a pirâmide de Quéops, em Gizé (por volta de 2.500 a.C.).

Os antigos egípcios anotavam sua música?

As primeiras tentativas de anotar a música remontam ao Império Médio. Conservaram-se, contudo, apenas textos de canções de amor e um hino ao sol da época do faraó Amenófis IV, conhecido como Akhenaton (1.364-1.347 a.C.).

Nesta ilustração (por volta de 2.500 a.C.), podem-se ver maestros, que eram chamados de *quirônomos*. Através de certos sinais e movimentos com as mãos, eles indicam aos dois músicos como deve ser a música, isto é, a sequência melódica e o ritmo.

Civilizações antigas (por volta de 3.000 a.C.)

Pintura egípcia numa tumba, por volta de 1.400 a.C.: uma musicista toca uma harpa com caixa de ressonância arqueada; sua acompanhante, um alaúde de braço longo.

Instrumentos musicais do Egito

Instrumentos de corda:
- harpa (inicialmente a harpa arqueada, depois a harpa celta, a angular, entre outras)
- alaúde
- lira

Instrumentos de sopro:
- flauta vertical
- charamela dupla, clarineta dupla, oboé duplo
- trombeta (de bronze, prata e ouro)

Instrumentos de percussão:
- matraca (de madeira e marfim)
- chocalhos
- sistro (um chocalho com discos de metal)
- tambores
- pratos

Quem foi o primeiro músico profissional?

Khufu-Anch. Ele foi diretor musical da corte do faraó, virtuose da flauta e cantor (por volta de 3 mil a.C.).

Só se tocava música no palácio dos faraós?

Nas festividades da corte, muitos músicos tocavam em conjunto. Às vezes, eles acompanhavam dançarinas. Talvez também tocassem no jardim do palácio, para o faraó. Em atos religiosos, a música era igualmente muito importante. E, logicamente, o povo também tocava: para entretenimento e no trabalho. (Aliás, o conhecimento teórico musical era considerado uma ciência secreta dos sacerdotes.)

Civilizações antigas (por volta de 3 mil a.C.)

China

A primeira civilização chinesa surgiu por volta do ano 3 mil a.C. Os habitantes denominavam seu país de *Império Médio*. Sob o domínio da dinastia Chang, por volta de 1.500 a.C., iniciou-se a construção do gigantesco império e de sua cultura. Após muitos conflitos bélicos, o imperador Quin Chi Huang Di unificou a China em 221 a.C. e mandou construir um muro de proteção, a *Muralha da China*, que atingiu a forma e o comprimento atuais no século XV.

A música chinesa começou de forma lendária...

Uma lenda conta que o *imperador amarelo* Huang-Ti inventou a música (por volta de 3 mil a.C.). Ele mandou seu ministro a um bambuzal na fronteira ocidental do império. Lá ele teria de cortar um pedaço de bambu para flauta, no comprimento do pé do imperador. O som daquele bambu produziu o tom básico do sistema tonal chinês, e seu comprimento tornou-se a base do sistema métrico. Por volta de 2.500 a.C., a China adotou elementos musicais da Ásia ocidental. O desenvolvimento completo do sistema tonal chinês ocorreu na dinastia Chang (1.500-1.050 a.C.).

A *Muralha da China* é a maior fortificação da Terra, com um comprimento total de aproximadamente 6.250 quilômetros.

Que importância tinha a música na China?

Na opinião dos chineses, a música exercia enorme influência sobre as pessoas e seu caráter. Os sons eram associados a determinadas cores e sentimentos. O tom básico significa sempre a totalidade, por exemplo, a vida toda ou o ano todo. Como o bem-estar das pessoas era importante para o país, havia até mesmo um "Ministério da Música", que controlava a educação musical.

Civilizações antigas (por volta de 3.000 a.C.)

Música da corte imperial

A música da corte imperial era executada conforme um cerimonial detalhadamente estabelecido.
Na dinastia Han (206 a.C. até 220 d.C.), o número de músicos excedia 800. Além disso, havia uma orquestra para a música nos aposentos femininos e uma outra para a música militar.

Existem textos sobre a música chinesa antiga?

Sim, as anotações mais antigas conservadas sobre música chinesa encontram-se no *Livro dos documentos* do século IX ao VII a.C. O importante sábio chinês Confúcio (551-479 a.C.) reuniu no *Livro das canções* 300 letras de canções – mas sem as melodias.

Instrumentos musicais da China

Confúcio relacionou os instrumentos musicais a diversos materiais que, por sua vez, estavam associados a estações do ano ou pontos cardeais.

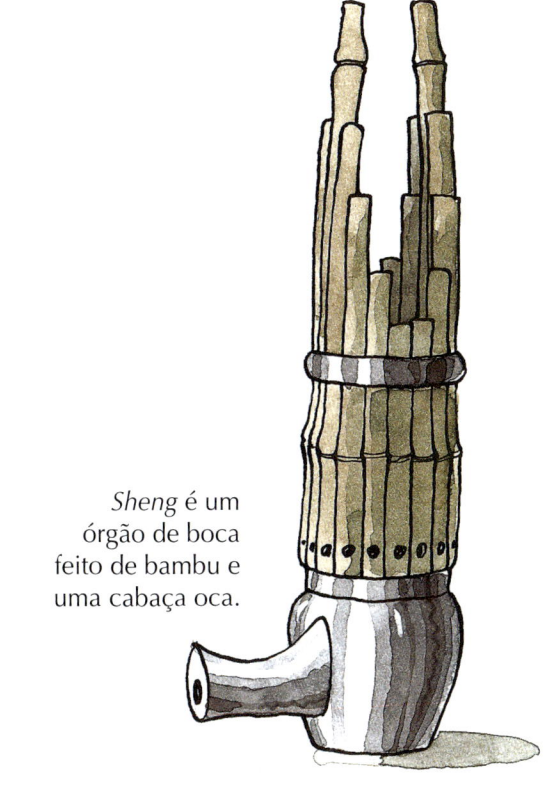

Sheng é um órgão de boca feito de bambu e uma cabaça oca.

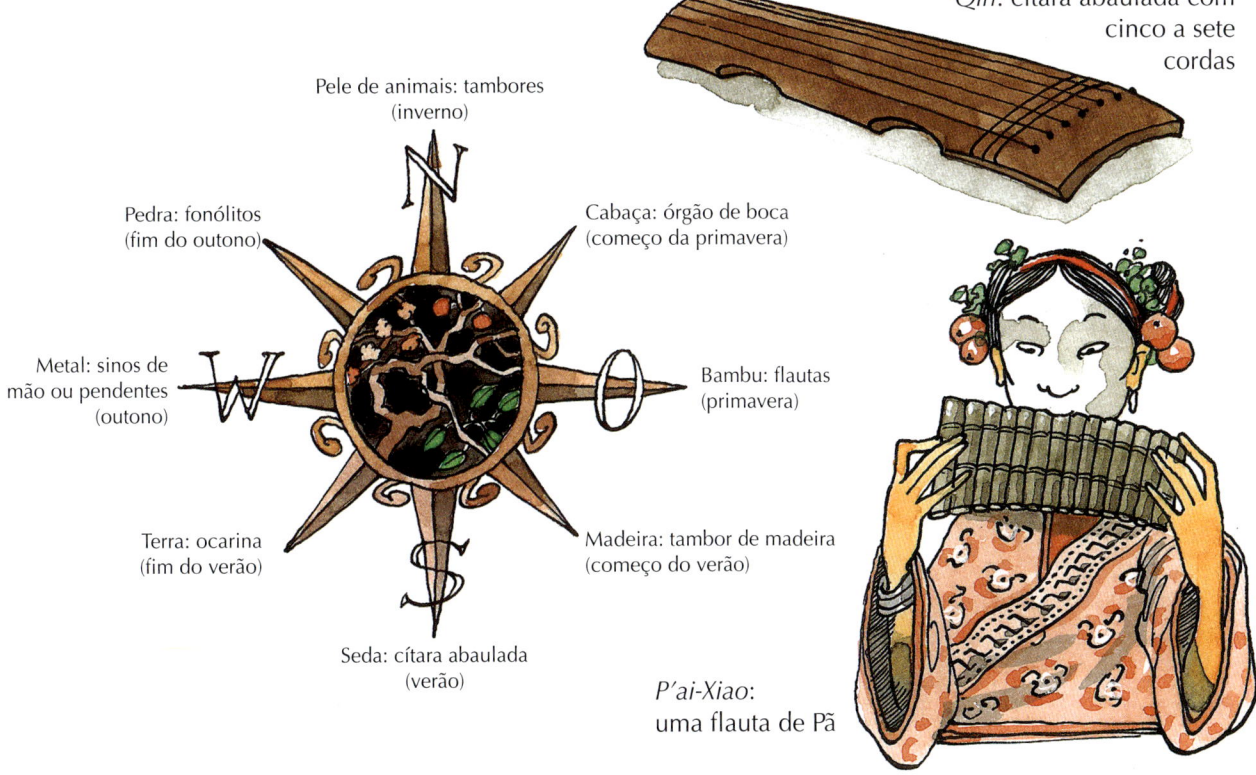

Qin: cítara abaulada com cinco a sete cordas

Pele de animais: tambores (inverno)

Pedra: fonólitos (fim do outono)

Cabaça: órgão de boca (começo da primavera)

Metal: sinos de mão ou pendentes (outono)

Bambu: flautas (primavera)

Terra: ocarina (fim do verão)

Madeira: tambor de madeira (começo do verão)

Seda: cítara abaulada (verão)

P'ai-Xiao: uma flauta de Pã

Civilizações antigas (por volta de 3 mil a.C.)

Índia

Por volta de 3 mil a.C. desenvolveu-se, no noroeste da Índia, a importante cultura hindu. Quando, 1.500 anos depois, os arianos – povos de pastores nômades – chegaram da Ásia Central, os dois povos se misturaram, fazendo surgir a *cultura védica* (veda = conhecimento). Ali está a origem do sânscrito, uma língua antiga, do *hinduísmo* e do chamado *sistema de castas*, que divide a sociedade em diversas camadas, rigorosamente separadas umas das outras.

Achados musicais

Os textos mais antigos sobre música hindu foram encontrados nos *livros védicos*. São as coletâneas de textos sacros mais antigas dos hindus (a partir de cerca de 1 mil a.C.).

A *vina*, um tipo de cítara, é um dos instrumentos musicais indianos mais importantes daquela época.

Instrumentos musicais da Índia

Instrumentos de cordas:
- cítara (p. ex., vina)
- alaúde (p. ex., tambura, sarod)
- viela de arco (p. ex., sarangi)

Instrumentos de sopro:
- charamela de palheta dupla (p. ex., shannai)
- flauta vertical e transversal
- clarineta
- gaita de foles

Instrumentos de percussão:
- tambores, timbale, tabla
- chocalhos, campainhas, pratos, címbalos, sinos

Que tipo de música havia na Índia?

Distinguiam-se a música sacra dos cânticos védicos e a música profana da arte e do entretenimento. A música espiritual era dedicada ao deus *Brahma* e a profana, ao deus *Shiva*. A música hindu era associada à língua (ao canto), à dança e aos gestos.

Geralmente, o deus *Shiva* é representado como grande dançarino.

A *tabla* consiste em um tambor tubular e um cônico.

Civilizações antigas (por volta de 3.000 a.C.)

Grécia

Em tempos remotos já havia magníficas culturas gregas. A *cultura minoica* (denominação derivada do lendário rei grego Minos), a partir de 3 mil a.C., na ilha de Creta, é considerada a primeira grande civilização da Europa. Por volta de 2 mil a.C. surgiu na parte continental da Grécia a cultura micênica. Por volta de 500 a.C., os gregos dominaram a região mediterrânea.

O que se sabe sobre a música dos gregos antigos?

A existência de música grega está comprovada quase até 3 mil a.C. No imaginário dos gregos, a música tinha origem divina. Em suas lendas, pode-se ler sobre *Apolo* – deus da música e da poesia – ou sobre *Dioniso* – deus do vinho, da dança e do teatro. Mencionam-se também as *Nove musas*, as deusas da música, do canto, da dança, da língua e da ciência.

Para os filósofos *Platão* e *Aristóteles* (por volta de 400 a.C.), a música desempenhava um importante papel na educação do ser humano. Cantar e tocar eram obrigatórios na escola.

Além do canto com acompanhamento de cítara e aulo (executado por músicos profissionais), cultivavam-se também o canto coral e a música instrumental.

A música na Grécia antiga já era anotada?

Os antigos gregos anotavam sua música com um *sistema alfabético*. Os documentos mais antigos, completamente conservados, remontam ao século II a.C. Trata-se de dois *hinos a Apolo* (entalhados numa parede em Delfi) e do *epitáfio de Seikilos*, entalhado numa tumba. É uma *skolion** que convida a que se aproveite a vida breve.

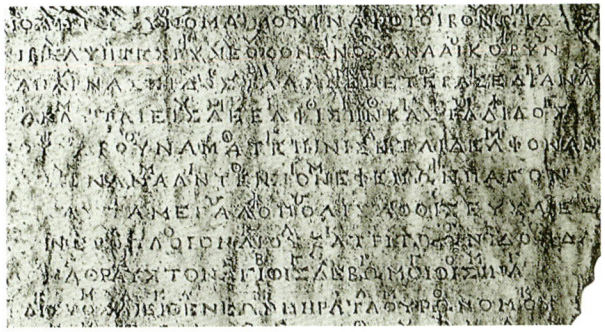

Sistema de notação musical alfabético grego, 200 a.C.

Você conhece a lenda de Pitágoras e da ferraria?

Certo dia, o famoso filósofo e matemático Pitágoras (por volta de 570-500 a.C.) passou por uma ferraria. Lá dentro, alguns homens martelavam a bigorna, e suas batidas produziam sons de alturas diferentes. Pitágoras logo descobriu que o martelo maior produzia um som mais grave do que o menor. Por isso, ele começou a fazer experiências: pegou dois martelos, um com o dobro do peso do outro, e bateu com eles na bigorna. Soou uma oitava (= intervalo de 8 notas). Assim, Pitágoras percebeu a ordem matemática na música e a sequência dos intervalos (distância entre as notas) no âmbito de uma oitava.

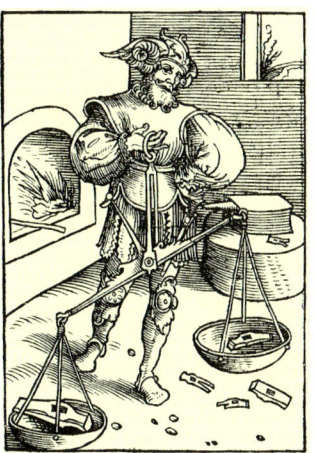

Pitágoras pesando os martelos da forja.

* Canção simples cantada quando todos estão bebendo. (N. E.)

Civilizações antigas (por volta de 3 mil a.C.)

Fórminx é o instrumento grego mais antigo da família das liras. Possui um ressonador em semicírculo e de três a cinco cordas.

A *cítara grega* tem uma grande caixa de ressonância e era tocada quase que exclusivamente por homens em pé. O deus *Apolo* é muitas vezes representado com uma cítara – símbolo da harmonia. *Orfeu*, com seu canto e dedilhar de cordas tristes, levava até animais e penhascos às lágrimas. Atualmente, é considerada o símbolo da música.

Instrumentos musicais da Grécia

Instrumentos de cordas:
- liras (fórminx, lira, kithara)
- harpa
- alaúde

Trata-se exclusivamente de instrumentos dedilhados. Instrumentos de corda e arco não eram usuais.

Instrumentos de sopro:
- diaulos
- siringe (flauta de Pã)
- salpinge (instrumento sinalizador, semelhante ao trompete)

Instrumentos de percussão:
- tímpano (tamborim)
- crótalo (semelhante à castanhola)
- címbalos (pratos de metal)

O teatro grego

Os gregos construíram grandes teatros com fileiras de assentos de pedra, nos quais se acomodavam até 15 mil espectadores. As peças teatrais apresentadas em homenagem ao deus Dioniso eram *comédias* ou *tragédias*. Um coro cantava e dançava, alternando-se com atores. As mulheres não podiam representar no teatro.

A *siringe*, também denominada *flauta de Pã* – o deus dos pastores –, é um instrumento de sopro com vários tubos de diversos comprimentos, paralelos e ligados.

O *diaulo* é o instrumento de sopro mais importante da Antiguidade grega. Era tocado em danças circulares, cantos corais e competições musicais: no ano de 586, em Delfi, venceu o músico Sakades, que, tocando o aulo, representou convincentemente a luta entre um deus e um dragão.

Civilizações antigas (por volta de 3.000 a.C.)

Império Romano

A cultura romana desenvolveu-se a partir de 800 a.C., aproximadamente. Surgiu o poderoso Império Romano. Por volta de 220 d.C., os romanos dominavam a maior parte da Europa, norte da África e grandes territórios no Oriente Médio.

Música em Roma

A música desempenhava um importante papel em muitos setores da vida em Roma. São conhecidas apresentações musicais em palco já no século IV a.C., especialmente danças com pantomima. No século II a.C., tocava-se música nas corridas de cavalos no circo e nos jogos no anfiteatro. Ali eram apresentados os espetáculos de lutas dos gladiadores – às vezes também com animais selvagens. Apresentavam-se naipes de metal e corais, acompanhados pelo órgão hidráulico (*hydraulos*).

Mosaico de um palacete em Pompeia, século II a.C. Estão representados um tocador de tímpano, um tocador de timbales e uma tocadora de tíbia.

O Coliseu, em Roma, era o maior teatro do gênero, com 527 metros de diâmetro. Tinha 80 entradas e abrigava até 75 mil espectadores.

O *cornu* – um instrumento sinalizador do exército romano – é uma tuba longa, curva, em semicírculo, de metal, com uma barra transversal para apoio sobre os ombros.

Instrumentos musicais do Império Romano

Instrumentos de teclado:
- hydraulos ou órgão hidráulico

Instrumentos de cordas:
- cítara
- lira

Instrumentos de sopro:
- tuba (trombeta reta)
- buzina (trombeta sinuosa)
- lituus (um tipo de trompa)
- cornu
- tíbia (instrumento nacional romano; tíbia é a denominação latina para aulos e diaulos)
- siringe ou flauta de Pã

Instrumentos de percussão:
- tímpano (tamborim)
- címbalos (pratos de metal)
- crótalo (semelhante à castanhola)
- scabillum (pequenas placas de metal para o pé)

Civilizações antigas (por volta de 3 mil a.C.)

Jogo da música: Civilizações antigas

1. A notação musical dos antigos gregos consistia em
   a) neumas
   b) notação coral
   c) sistema de escrita musical alfabética

2. A lira suméria, encontrada nas tumbas reais de Ur, tem a forma de um animal. Qual?
   a) coelho
   b) touro
   c) antílope

3. Como se chamavam os maestros no antigo Egito?
   a) quirônomos
   b) faraós
   c) hieróglifos

4. A que família de instrumentos pertence a charamela de palheta dupla?
   a) instrumentos de cordas
   b) instrumentos de sopro
   c) instrumentos de percussão

5. Quem foi o primeiro músico profissional?
   a) Akhenaton
   b) Pitágoras
   c) Khufu-Anch

Civilizações antigas (por volta de 3.000 a.C.)

6. Qual instrumento se tornou símbolo da música?
   a) cítara
   b) siringe
   c) fórminx

7. Como se chama o antigo deus grego da música e poesia?
   a) Zeus
   b) Dioniso
   c) Apolo

8. Como se denomina o órgão hidráulico que era tocado, por exemplo, nas lutas de gladiadores no anfiteatro romano?
   a) hydraulos
   b) tíbia
   c) cornu

9. Qual deus hindu é representado frequentemente como grande dançarino?
   a) Brahma
   b) Krishna
   c) Shiva

10. Qual medida foi usada pelo ministro do imperador chinês Huang-Ti para cortar um bambu para flauta?
    a) comprimento do braço do imperador
    b) comprimento do pé do imperador
    c) comprimento da mão do imperador

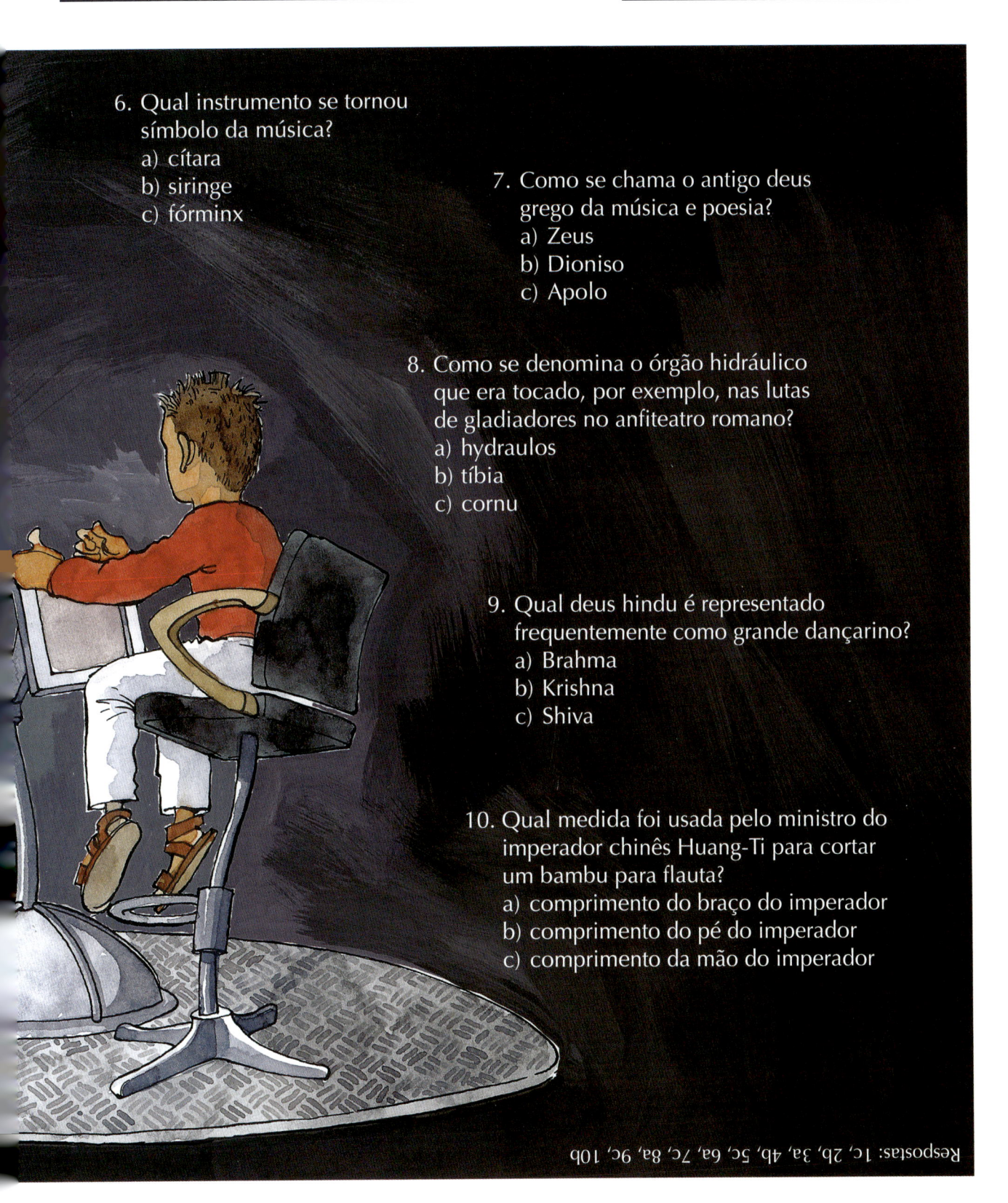

Respostas: 1c, 2b, 3a, 4b, 5c, 6a, 7c, 8a, 9c, 10b

Idade Média (por volta de 600-1400)

Terceira viagem no tempo

– Quem chegar primeiro à margem...!
– Prontos, preparar, já! – Clara grita, e espirra água no rosto de Frederico. Rapidamente as crianças nadam pela água cristalina.
– Ganhei! – diz Clara ofegante, e sai do lago.
– Mas você saiu com vantagem – reclama Frederico. – Na próxima vez... Olhe, Clara, lá vem a vovó!
É verdade: pelo caminho da floresta vem pedalando uma velha e enérgica senhora, buzinando freneticamente para outros ciclistas. Um instante depois, chiam os freios da bicicleta, já bem velhinha.
– Ainda está andando perfeitamente – diz a avó, e bate no guidão. – Achei que vocês teriam fome depois de nadar e trouxe um lanche.
Com disposição, ela levantou a cesta pesada do bagageiro e abriu uma toalha sobre a grama. Clara e Frederico ficaram bastante surpresos.
– É como no conto de fadas: "Mesinha, arrume-se sozinha!"

Idade Média (por volta de 600-1400)

– Se vocês aceitarem minha companhia, ficarei um pouquinho com vocês – diz a avó, enquanto distribui os pratos e garfos.

– Que legal! – dizem as crianças.

– Quem sabe a senhora pode nos contar suas aventuras com o vovô e a máquina do tempo. A senhora também esteve lá, não é? – Frederico olha curioso para ela, e dá uma mordida numa apetitosa coxa de frango.

Imersa em pensamentos, a velha senhora enche um copo com água gelada e suspira.

– Nós éramos recém-casados! Já faz tanto tempo, mas quando eu penso, parece que foi ontem. E, quando fecho os olhos, vejo tudo claramente na minha frente. – As crianças a olham com ansiedade.

"Sabem, quando o vovô me contou sobre a máquina maravilhosa, no início não acreditei que ela realmente pudesse funcionar. Ele me sugeriu viajar junto com ele para a Idade Média e, aos poucos, fui entendendo que não estava mesmo brincando. Depois que me contou sobre todas as suas experiências, também comecei a ficar com vontade de viver aventuras. O vovô queria preparar aquela viagem muito bem, para que eu não corresse perigo. Com ajuda de modelos tirados de livros, costurei para nós roupas medievais e, claro, nos informamos detalhadamente sobre os costumes e os hábitos daquela época. Como queríamos nos disfarçar de menestréis, providenciamos uma viola de roda, uma rabeca e um pandeiro. A ansiedade aumentava a cada dia, à medida que a partida se aproximava.

Idade Média (por volta de 600-1400)

"Finalmente chegou a hora. A máquina do tempo nos levou em segurança para a Idade Média. Aterrissamos numa estrada que levava até uma cidade com várias torres bem pequenas. Ela era cercada por uma muralha bem alta. Diante de um grande portão, havia algumas pessoas que queriam entrar na cidade. O vovô e eu nos olhamos e respiramos fundo antes de caminharmos em direção a ele, com nossas trouxas e os instrumentos.

"Batemos no pesado portão de madeira. Por um pequeno postigo, um guarda olhou para nós. 'O que quereis e quem sois?', perguntou com uma voz zangada. O vovô respondeu: 'Sou Heriberto, o menestrel, e esta é minha mulher. Queremos tocar música para as pessoas dançarem nesta cidade!'. 'Mais um daquela corja errante!', vociferou uma voz masculina, antes que uma portinha dentro do portão se abrisse rangendo. 'Se pretendeis roubar, ficai sabendo: nesta cidade ladrões e vigaristas são presos no ato.'

"Rapidamente passamos pelo guarda e chegamos às vielas. Crianças brincavam nas ruas com gatos magros e um cachorro se coçava, ganindo, por causa das pulgas em seu pelo. Uma mulher abriu uma janela e despejou um balde de água suja – bem nos nossos pés. Antes que disséssemos qualquer coisa, ela já tinha desaparecido.

Idade Média (por volta de 600-1400)

"Logo chegamos à praça do mercado. Um mercador gritava: 'Ousai admirar todas as maravilhas que temos à venda, como roupas, peles nobres, cerâmica da mais fina e defumadores com aromas sedutores! Vinde, senhores!'"

"Fascinados com aquela movimentação tão diferente, vagamos de barraca em barraca, até que gargalhadas altas e exclamações de zombaria nos chamaram a atenção. Através da multidão, enxergamos um pelourinho, um pau de madeira ao qual dois homens estavam acorrentados pelo pescoço. Seja lá o que tivessem feito, haviam sido expostos ao desprezo público."

Clara se arrepia e sente um frio na espinha.

– Puxa, eu teria ficado com muito medo. E a senhora, vovó?

– Eu me senti um pouco mal. Pior ainda quando vi uma mulher com um violino de pescoço.

– Uma musicista? – pergunta Frederico.

– Não, meu filho – diz a avó. – O "violino de pescoço" é um instrumento de tortura medieval na forma de um violino. No buraco maior ficava o pescoço, nos dois menores, os pulsos da mulher. Aqueles violinos de pescoço eram colocados como castigo em mulheres briguentas, e todas as pessoas podiam se divertir à custa delas. Também havia as "flautas da vergonha", que eram amarradas aos maus músicos.

43

Idade Média (por volta de 600-1400)

"Deixamos a praça do mercado e chegamos a uma estalagem, de onde soava uma música alegre. 'Entrai, podemos precisar de ajuda', disse um homem com uma rabeca na mão. 'Pelo jeito, parece que vindes de longe!' Concordamos com a cabeça e seguimos o músico. Lá dentro havia um animado grupo de pessoas que se lançava sobre comidas e bebidas."

– O que tinha para comer? – pergunta Clara.
– Almôndegas de pão e chucrute, apetitosos gansos assados, grandes pães pretos e muito mais. Comiam com os dedos – exatamente como vocês acabaram de fazer com o frango. E bebiam cerveja e vinho à vontade.

"Então fomos convidados a tocar. Felizmente, havíamos ensaiado algumas canções em casa, que tocamos para entretê-los. Parece que agradamos aos convidados e, por isso, o estalajadeiro nos jogou algumas moedas e recebemos comida na cozinha – infelizmente, não aqueles pratos deliciosamente aromáticos, mas sim um ensopado forte, indefinível, servido de uma panela gigantesca que pendia sobre o fogo.

"Os outros músicos também ficaram entusiasmados com nossa música e nos propuseram que seguíssemos com eles. Ficamos sabendo que estavam procurando menestréis de todos os tipos no castelo do *landgrave**, por ocasião de seu casamento. Para não deixar escapar aquele espetáculo, juntamo-nos aos músicos.

* Título de nobreza dado aos príncipes alemães que exercem a justiça local na Idade Média. (N.E.)

Idade Média (por volta de 600-1400)

"No caminho, passamos por um grande mosteiro. Da igreja do mosteiro, soava o canto dos monges. É claro que ficamos curiosos e pedimos aos nossos companheiros de viagem para parar um pouco. Vovô e eu entramos silenciosamente na igreja e ouvimos um maravilhoso coral gregoriano. Os monges cantavam com tanto fervor que ninguém percebeu nossa entrada."

– Como se chama o coral? – pergunta Clara.

– Coral gregoriano. Foi assim chamado por causa do papa Gregório I, que coletou os cantos sacros uníssonos da época, organizou-os e os uniformizou para todas as igrejas – explica a avó.

Idade Média (por volta de 600-1400)

"Logo nos pusemos novamente a caminho. Quando finalmente chegamos ao castelo, já havia lá uma movimentação intensa. Como fomos reconhecidos como menestréis, pudemos passar pela ponte levadiça e chegar ao pátio interior da fortificação. Lá estavam mágicos, dançarinas, trovadores e menestréis comuns. Nós nos juntamos a eles e passamos uma tarde alegre. À noite, os trovadores divertiram os senhores durante o banquete com suas cantigas de amor e nós, menestréis, tocamos até altas horas acompanhando a dança. Experimentamos o hidromel, um delicioso vinho de mel, e recebemos bastante comida.

Idade Média (por volta de 600-1400)

"Nas primeiras horas da manhã, quando todos, aos poucos, foram se recolhendo para dormir, achamos que era o momento certo para começar a viagem de volta para casa. Colocamos nossa viola de roda sob a trouxa de um jovem e talentoso músico, pois ele tinha pouco dinheiro e nunca poderia se dar ao luxo de comprar um instrumento daqueles."

Frederico e Clara se olham:

– Isso foi muito gentil da parte de vocês. Talvez a viola de roda esteja hoje, como peça da Idade Média, em algum museu – diz Frederico, e todos começam a rir.

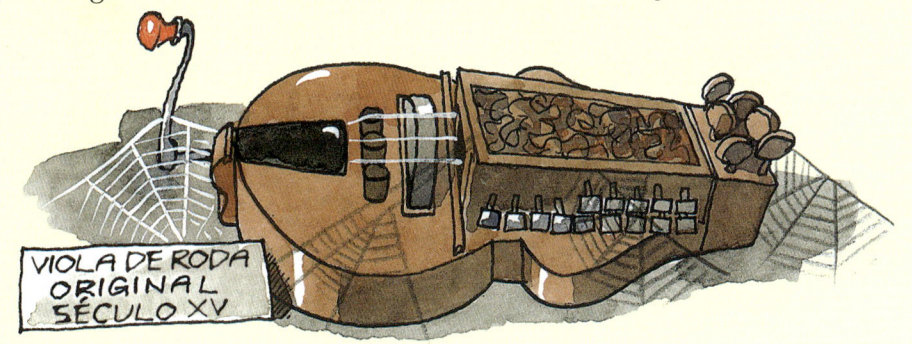

VIOLA DE RODA ORIGINAL SÉCULO XV

Idade Média (por volta de 600-1400)

Vale a pena saber sobre a música da Idade Média

A Idade Média abrange o período entre 600 e 1400, aproximadamente.

A música sacra da Idade Média

Nas igrejas e mosteiros o mais importante era o *coral gregoriano*, assim chamado por causa do papa *Gregório I, o Grande* (papa de 590 a 604). Era um canto uníssono em latim, que inicialmente foi transmitido apenas oralmente e, mais tarde, anotado com os chamados *neumas* (vide ilustração). Em toda a Europa, as regras do canto gregoriano eram ensinadas nos mosteiros. Esses cantos ainda hoje são cultivados por monges.

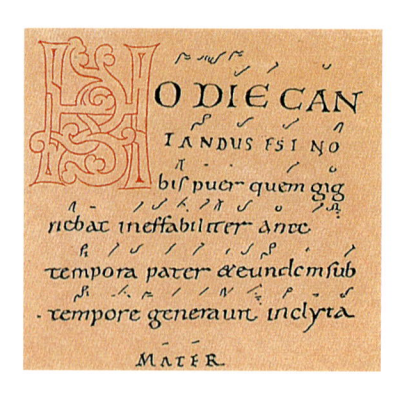

Os *neumas* foram os primeiros sinais de notação musical da Idade Média. Esses ganchinhos, pontos e arcos eram anotados sobre a linha do texto e davam uma noção da melodia, mas sem a altura exata do som, ou seja, sem o tom da nota. Assim, eles serviam apenas de auxílio à memória dos cantos transmitidos oralmente.

O coral gregoriano era considerado antigamente uma "música enviada por Deus". Segundo uma lenda, o *Espírito Santo* – em forma de pomba – ditou as melodias ao ouvido do papa Gregório I, que apenas teve o trabalho de anotá-las.

No século XII, surgiu a *notação coral* para os cantos eclesiásticos; as notas quadradas definiam a altura do som com precisão.

Quem é considerado o inventor de nossa atual notação musical?

O monge beneditino e teórico musical *Guido de Arezzo*, da Itália (por volta de 992-1050), inventou a notação em linhas e espaços no século XI, criando assim o fundamento da atual notação musical.

Idade Média (por volta de 600-1400)

Minnesänger e trovadores

A partir do século XII, desenvolveu-se uma forma artística do canto profano monofônico.

Os *minnesänger* eram cavaleiros alemães nobres que iam de castelo em castelo e apresentavam canções de amor de autoria própria. *Minne*, no alemão medieval, significava "amor". Os cantores cortejavam e exaltavam as nobres damas em suas cantigas.

No norte da França, denominavam-se os poetas e cantores *troveiros [trouvères]*; no sul, *trovadores [troubadoures]*. Além de cantigas de amor, eles também cantavam cantigas de lamento, de cruzadas, épicas e de dança.

Esses músicos cantavam e tocavam uma rabeca, um alaúde ou uma pequena harpa. Às vezes, eram acompanhados por *menestréis errantes*.

Walther von der Vogelweide é considerado o mais importante *minnesänger* da Alemanha.

Hans Sachs – sapateiro e mestre-cantor de Nuremberg.

Minnesänger importantes na Alemanha
- Walther von der Vogelweide (cerca de 1170-1230)
- Tannhäuser (cerca de 1205-1270)
- Oswald von Wolkenstein (cerca de 1377-1445)

Trovador famoso
- Guilherme IX, duque da Aquitânia (1071-1126)

Troveiro famoso
- Adam de la Halle (por volta de 1237-1286)

Mestre-cantor famoso
- Hans Sachs (1494-1576)

Menestréis

Denominavam-se *menestréis* os músicos errantes oriundos do povo simples que ofereciam seus serviços por dinheiro em festas e quermesses. Conta-se que tinham que saber tocar, no mínimo, sete instrumentos. Tocavam, geralmente em conjunto, rabecas, violas de roda, instrumentos de percussão e outros, e divertiam seu público também como mágicos e artistas circenses.

Apesar de exercerem uma importante função como "mensageiros" na época do analfabetismo, ocupavam a mesma posição social dos mendigos e ladrões.

A partir do século XIV, muitos menestréis assumiram a profissão de *Stadtpfeifer* [pífaro municipal], saindo da situação desonrada e ilegal. Na Inglaterra, chamavam-se *minstrels* e, na França, *ménestrels*; estes últimos eram empregados permanentes dos nobres.

Mestres-cantores

Os *mestres-cantores* geralmente eram artesãos de uma cidade que se reuniam em *escolas de canto*. A primeira escola de mestres-cantores foi fundada em Mainz, na Alemanha, aproximadamente em 1315, por *Henrique von Meissen*, chamado de *Frauenlob** (1250/60-1318). Na escola foram introduzidas regras fixas, às vezes rígidas, para música e poesia.

Hans Sachs (1494-1576) foi um famoso mestre-cantor em Nuremberg. Albert Lortzing compôs em 1850 uma ópera com o título *Hans Sachs*, e Richard Wagner "eternizou" Sachs em 1868, em sua ópera *Os mestres-cantores de Nuremberg*.

* *Frauenlob* significa em alemão "louvor à mulher". (N. T.)

Idade Média (por volta de 600-1400)

Que mais havia de música na Idade Média?

O **órganon** (por volta do século IX) é a forma mais antiga da polifonia ocidental, ou seja, de música em que os instrumentos tocam notas diferentes uns dos outros ao mesmo tempo. Inicialmente, tratava-se de duas vozes: enquanto uma fazia a melodia do canto gregoriano, a outra improvisava o acompanhamento, nota contra nota. No órganon, inicialmente, a voz acrescentada mantinha quase sempre o mesmo intervalo – em geral em quintas (intervalo de cinco notas) ou quartas (de quatro). Depois, na *época de Notre Dame* (1160-1250), o órganon evoluiu para até quatro vozes.

O **moteto** surgiu no século XIII e era uma peça de canto polifônico. Como forma principal da época, a chamada *Ars antiqua* (latim = arte antiga), o moteto substituiu cada vez mais o órganon.

Uma cantora com dois cantores apresentam um madrigal do século XIV, acompanhados de alaúde.

Novas formas musicais apreciadas no século XIV, na chamada *Ars nova* (latim = arte nova), eram:

na França:

- **a balada**: canção popular para dança; mais tarde, canção solo executada com dois ou três instrumentos de acompanhamento;
- **o rondó**: dança circular ou de roda;
- **o virelai**: música de dança;
- **o lai**: canção popular;
- **a missa**: composição musical para a *Ordinarium missae*, isto é, as partes fixas do culto católico principal (*Kyrie, Gloria, Credo, Sanctus com Benedictus, Agnus Dei*).

na Itália:

- **o madrigal**: canção polifônica com voz superior (mais aguda) conduzindo a melodia – executada à capela ou com acompanhamento instrumental. Temas apreciados nessas canções profanas eram a natureza, o amor e o sentido da existência. Principais representantes: *Francesco Landini* (por volta de 1325-1397) e, mais tarde, *Orlando di Lasso, Cláudio Monteverdi* e outros compositores, também fora da Itália;
- **a balata**: vide balada;
- **a caccia**: cânone* com textos sobre a caça.

O que significa modo eclesiástico?

Denominam-se modos eclesiásticos as oito escalas da música medieval. Essas escalas, com a amplitude de uma oitava, são chamadas por nomes gregos, geralmente de povos, por exemplo, *dórica, frígia, lídia* e *mixolídia*. A partir deles se desenvolveu, no século XVII, o sistema de tons e semitons. Ainda hoje os modos eclesiásticos são usados em algumas composições. Desde a década de 1950, eles também têm desempenhado um papel importante no jazz.

* Composição vocal em que as vozes repetem a mesma melodia e letra em momentos diferentes da execução. (N.E.)

Idade Média (por volta de 600-1400)

Compositores famosos da Idade Média:

- Leonin(us) (atuou em Paris, por volta de 1160-1190) ⎤
- Perotin(us) (por volta de 1165-1220) ⎦ *Época Notre-Dame*, França (1160-1250)

- Adam de la Halle (por volta de 1237-1286) — *Ars antiqua*, França (1230-1320)

- Philippe de Vitry (1291-1361) ⎤
- Guillaume de Machaut (por volta de 1300-1377) ⎥ *Ars nova*, na França (séc. XIV)
- Francesco Landini (por volta de 1325-1397) ⎦ Na Itália, denominada *Trecento*.

Philippe de Vitry (1291-1361), compositor francês e teórico da música, escreveu em sua importante obra *Ars nova* sobre as novas ideias musicais, particularmente sobre a notação rítmica, por volta de 1320.

Na catedral de Notre-Dame, em Paris, trabalharam **Leoninus** e seu discípulo **Perotinus**. São considerados os primeiros compositores "oficiais" e fizeram de Paris um centro da música por volta de 1200 (época de Notre-Dame).

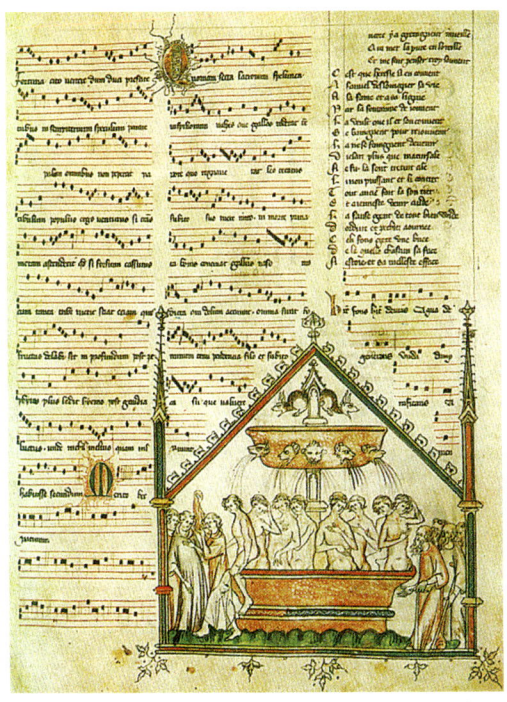

Com a *notação musical mensural*, surgida no século XIII, tornou-se possível anotar com exatidão as nuances rítmicas da música polifônica. Aqui se vê um moteto de Philippe de Vitry (de um manuscrito de 1316) com a representação de uma fonte da juventude.

Guillaume de Machaut (por volta de 1300-1377) foi um famoso compositor francês do século XIV. Além de muitas obras dos mais variados gêneros, ele escreveu – provavelmente em 1364 – uma missa a quatro vozes para a coroação do rei Carlos V em Reims.

Idade Média (por volta de 600-1400)

Menestréis com tambor, flauta, charamela, rabeca, saltério e gaita de foles, começo do século XIV.

A *viola de roda* era um instrumento de cordas apreciado pelos menestréis. As cordas eram vibradas ao se girar uma roda. Com a ajuda de um teclado, elas eram puxadas ou comprimidas para produzir diferentes tons.

Cornamusas, adornadas com cabeças entalhadas, humanas ou de animais, eram bastante apreciadas na Idade Média.

Instrumentos musicais da Idade Média

Instrumentos de corda
- harpa
- alaúde
- saltério
- lira
- viola de roda
- rabeca
- trombeta marinha (grande instrumento com uma corda)

Instrumentos de sopro
- trompa
- buzina
- charamela
- gaita de foles/cornamusa
- flauta

Instrumentos de teclado
- órgão

Instrumentos de percussão
- tambores
- címbalo pequeno
- pratos
- triângulo
- sinos
- chocalhos, matracas

Idade Média (por volta de 600-1400)

Músicos com rabeca, viola de roda, harpa e saltério numa festa, por volta de 1250.

Charamelas são instrumentos de sopro oriundos da Arábia, com seis ou sete orifícios.

O *saltério,* um precursor do dulcimer, foi um instrumento de cordas comum na Europa a partir do século IX.

A *rabeca* (esquerda), um pequeno instrumento de cordas em formato de pera, originou-se provavelmente do *rabab* árabe e chegou no século XI à Europa. O *alaúde* (direita) desenvolveu-se no século XIII na Espanha.

Estes músicos tocam uma *buzina*, um trompete longo. Na Idade Média, a buzina servia como instrumento dos arautos para, por exemplo, anunciar um príncipe.

53

Idade Média (por volta de 600-1400)

Jogo da música: Idade Média

1. Qual papa deu seu nome ao coral gregoriano?
   a) papa Paulo I
   b) papa Pio I
   c) papa Gregório I

2. Quem é considerado o inventor da atual notação musical?
   a) Oswald von Wolkenstein
   b) Guido de Arezzo
   c) Philippe de Vitry

3. Quem foi um trovador famoso?
   a) Walther von der Vogelweide
   b) Guilherme IX, duque de Aquitânia
   c) Adam de la Halle

4. Como se chamavam os músicos errantes que se apresentavam em festas e quermesses?
   a) músicos
   b) menestréis
   c) rabequeiros

5. Como se chama a forma mais antiga da polifonia ocidental?
   a) lai
   b) moteto
   c) órganon

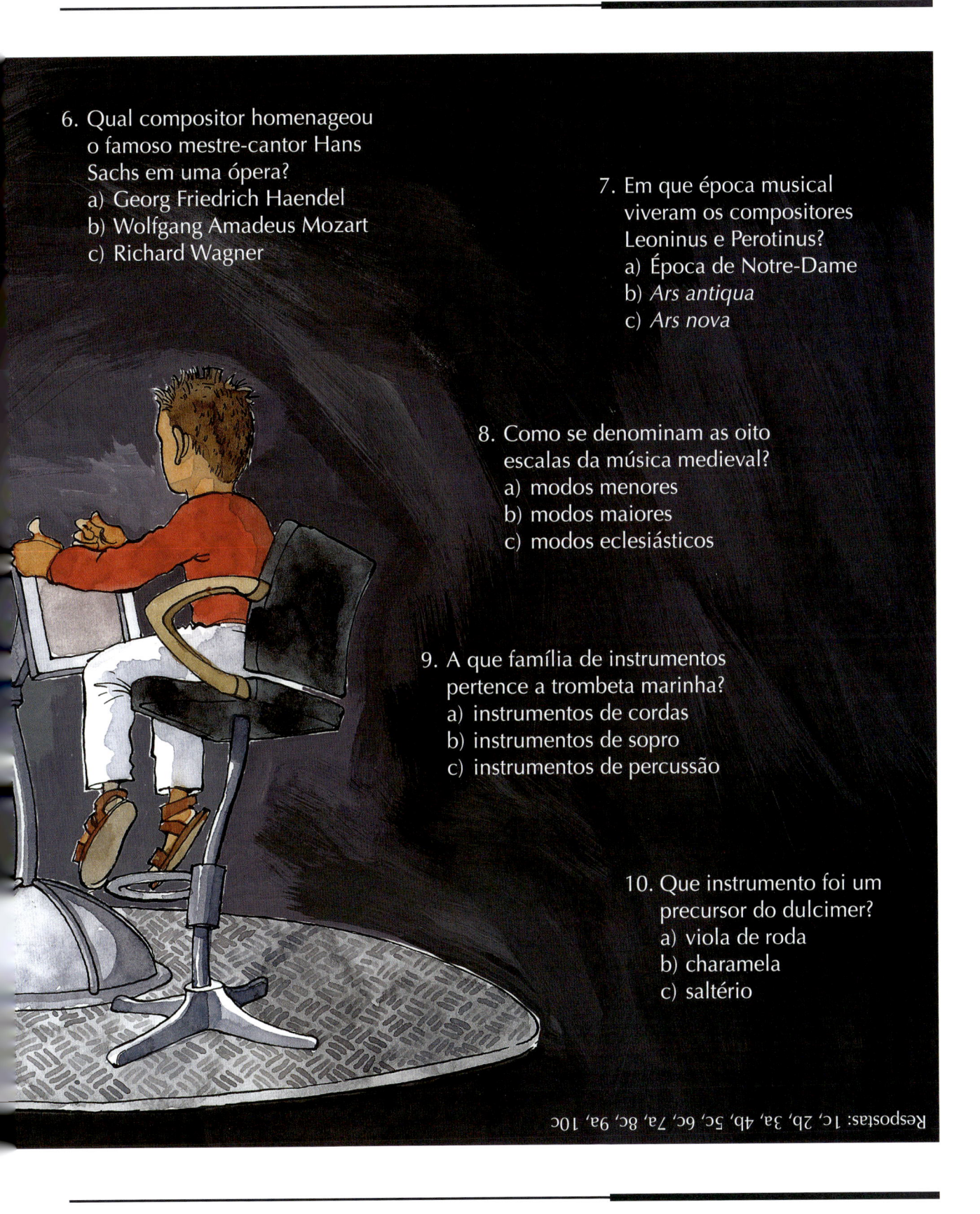

Idade Média (por volta de 600-1400)

6. Qual compositor homenageou o famoso mestre-cantor Hans Sachs em uma ópera?
   a) Georg Friedrich Haendel
   b) Wolfgang Amadeus Mozart
   c) Richard Wagner

7. Em que época musical viveram os compositores Leoninus e Perotinus?
   a) Época de Notre-Dame
   b) *Ars antiqua*
   c) *Ars nova*

8. Como se denominam as oito escalas da música medieval?
   a) modos menores
   b) modos maiores
   c) modos eclesiásticos

9. A que família de instrumentos pertence a trombeta marinha?
   a) instrumentos de cordas
   b) instrumentos de sopro
   c) instrumentos de percussão

10. Que instrumento foi um precursor do dulcimer?
    a) viola de roda
    b) charamela
    c) saltério

Respostas: 1c, 2b, 3a, 4b, 5c, 6c, 7a, 8c, 9a, 10c

Renascimento (por volta de 1400-1600)

Uma história interessante

Esta manhã, as crianças acordaram bem cedo, com um barulhão. A chuva bate nas janelas e muitos relâmpagos, seguidos do estrondo dos trovões, fazem o céu escuro estremecer. Clara puxa a coberta até as orelhas, pois não gosta nem um pouco de tempestades. Já Frederico passa um bom tempo à janela de seu quarto, observando os relâmpagos. Esse espetáculo da natureza sempre o fascina. Depois de um tempo, a tempestade amaina e não demora muito para que as duas crianças famintas estejam tomando seu café da manhã.

– Nossa, foi terrível! – diz Clara.

– Coisa de menina – provoca Frederico. – Porque a tempestade não passa de um fenômeno físico natural.

– Ah, e aquilo ontem à noite, o que foi? Você pulou como um sapo só porque aquela aranha fofinha passou pelo corredor! – contra-ataca Clara.

– Crianças! Não é tão ruim assim sentir medo de vez em quando. Geralmente, é só a incerteza diante de alguma coisa – diz o avô, fechando a última página do jornal diário. – Quando a gente sabe mais a respeito de alguma coisa, perde o medo dela. O Renascimento, por exemplo, foi uma época em que o estudo da Terra, do universo, do corpo humano e de muitas outras coisas desempenhou um papel muito importante e em que foi lançada a pedra fundamental da ciência – começa o avô a contar. – A palavra "Renascimento" ou "Renascença" significa "nascer de novo". No começo do século XV, pessoas instruídas fizeram com que a cultura e as ideias da Grécia antiga revivessem nas cidades do norte e centro da Itália. Essa nova forma de pensamento logo se expandiu por toda a Europa.

– Vovô, podemos passar a manhã na sua biblioteca? – pede Frederico. – Ainda está chovendo muito, e a gente poderia ficar olhando os livros.

– Claro! Eu já ia mesmo me refugiar em meu escritório. Então, divirtam-se! – Um pouco depois, Clara e Frederico já estavam na biblioteca, cheia de estantes superlotadas de livros.

Renascimento (por volta de 1400-1600)

– Uau, o seu avô já leu todos? – pergunta Clara, que, sem esperar pela resposta, pega um livro ilustrado. – Leonardo da Vinci, 1452-1519, em pleno Renascimento! – ela folheia o livro lentamente. – Frederico, olhe os desenhos que Da Vinci fez da musculatura do braço!

– Como num livro de anatomia* para estudantes de medicina – diz ele, surpreso. – Olhe, o projeto de uma máquina voadora. Simplesmente genial, esse Leonardo. Foi pintor, escultor, arquiteto, estudioso da natureza e técnico... tudo numa única pessoa! Volte uma página! Lá está o famoso quadro da Mona Lisa.

* Estudo da forma e das condições físicas dos seres vivos.

57

Renascimento (por volta de 1400-1600)

   Frederico começa a mexer numa das prateleiras.
   – Michelangelo – lê e tira um livro. – Esse artista também foi um gênio. Viveu de 1475 a 1564 e criou muitos quadros e esculturas famosos. Aqui tem um livro só sobre o Renascimento – diz Frederico, acomodando-se no grande sofá de couro. – Gutenberg de Mainz inventou a impressão com tipos móveis de metal e uma prensa. Em 1456, ele imprimiu a famosa Bíblia de Gutenberg – conta.

Renascimento (por volta de 1400-1600)

– Você já ouviu falar de Copérnico? Aqui diz que ele criou a "visão heliocêntrica de mundo".
A cabeça de Clara aparece de trás de um livro grande.
– Criou o quê? – ela pergunta.
– A visão heliocêntrica de mundo – repete Frederico. – Significa que o Sol é o centro de nosso sistema solar e que a Terra e os outros planetas giram ao redor dele. É assim que descrevem aqui. Até o final da Idade Média, ainda se acreditava na teoria do cientista Ptolomeu, de mais ou menos 150 d.C., que via a Terra como centro do universo.

– Veja só, quem diria! Aqui continua: a ideia de Copérnico não era nada nova. Os chineses, hindus, babilônios e egípcios já haviam feito observações sistemáticas do céu em 3 mil a.C. Já em 260 a.C., o grego Aristarco de Samos falava de visão heliocêntrica do mundo e que a Terra tinha a forma esférica e girava ao redor de si mesma. No período do Renascimento, no ano de 1492, Colombo quis finalmente provar que a Terra era redonda. Procurou o caminho marítimo para as Índias indo para o Oeste. As pessoas o achavam louco, pois acreditavam que chegaria ao fim do mundo e lá, supunham, não havia nada de bom.

– O vovô tinha razão, hoje cedo, quando disse que os medos podem surgir da ignorância – diz Clara, pensativa.

– Colombo conseguiu provar sua teoria – prosseguiu Frederico. – Mas ele acabou na América, e não na Índia. Achando que estava na Índia, porém, chamou os nativos de índios. – Frederico fecha o livro.

Renascimento (por volta de 1400-1600)

– Agora entendo melhor a relação entre Antiguidade e Renascimento – diz Clara, e recoloca o livro na estante. – E que música se tocava naquela época?

Naquele mesmo instante, o avô entra na biblioteca e ouve a pergunta de Clara.

– Posso responder? – pergunta. Assim que as crianças concordam, ele começa: – Os instrumentos passaram a desempenhar um papel cada vez mais importante no Renascimento. Enquanto na Idade Média sua função primordial era acompanhar o canto, no Renascimento desenvolveu-se, paralelamente à música vocal polifônica, uma música puramente instrumental. Nessa época foram inventados muitos instrumentos novos.

Frederico vai até a janela e senta-se a um pequeno e bonito instrumento de cordas, todo pintado:

– Como esta espineta, por exemplo – diz, e começa a tocar.

O som é suave e baixo. Clara ouve aquilo encantada.

– Certo! – diz o avô, quando Frederico termina. – Também o cravo, o violão ou ainda o alaúde renascentista são dessa época. Um instrumento de sopro apreciado no Renascimento foi o cromorno – o avô pega um livro e mostra às crianças algumas ilustrações com instrumentos da época. – A música se tornou mais sensível e harmoniosa – acrescenta.

Renascimento (por volta de 1400-1600)

A porta se abre e a avó aparece.

– Posso oferecer comida e bebida à nobre donzela e aos jovem e velho senhores? – pergunta ela. – O fundo musical agradável vai ajudá-los a degustar melhor as delícias! – os três se entreolham e riem. Da sala de jantar chega até eles uma encantadora música de alaúde e o aroma de peru assado faz com que não se demorem.

– Então vamos para o banquete – diz Frederico pedantemente e oferecendo de forma galante o braço a Clara.

Após alguns passos elegantes, ambos correm até seus lugares, empurrando um ao outro e rindo.

– Sirvam-se à vontade – convida a avó. – O sol está festejando um tipo de Renascimento, como vocês veem, pois afugentou a chuva – acrescenta ela sorrindo. – Vocês estão com vontade de dar uma volta de bicicleta ao redor do lago hoje à tarde? – Depois de terem ficado sentados a manhã toda, o convite foi rapidamente aceito.

Renascimento (por volta de 1400-1600)

Vale a pena saber sobre a música do Renascimento

O *Renascimento* abrange o período de mais ou menos 1400 a 1600. Renascimento significa "o nascer de novo", por exemplo, de antigos estilos. Nessa época foi redescoberta, entre outras coisas, a cultura da Grécia antiga.

Música sacra e profana

A música vocal polifônica atingiu o auge no Renascimento. No centro da música sacra estavam a **missa** e o **moteto**, com texto em latim, na maioria das vezes.

A música profana, por outro lado, utilizava a língua nacional de cada país. Na França, eram apreciadas as **chansons** francesas; na Itália, canções italianas polifônicas, como a **frótola** e o **madrigal**.

No século XVI, com a Reforma de *Martinho Lutero*, surgiu uma música evangélica sacra específica.

Que importância tinha a música instrumental no Renascimento?

Os instrumentos, que até então tinham desempenhado apenas um papel secundário (de acompanhamento), ganharam uma importância maior e, assim, desenvolveu-se uma música instrumental autônoma. Compôs-se música para alaúde, para instrumentos de teclado e para conjuntos, tais como:

- o **ricercar**: abertura ou prelúdio com caráter de improvisação para alaúde, mais tarde também para instrumentos de tecla; o ricercar tornou-se um precursor da fuga;
- o **prelúdio**: uma abertura instrumental para preparar outras peças instrumentais ou composições vocais;
- a **tocata**: um prelúdio com caráter improvisatório, semelhante ao ricercar, mas para instrumentos de tecla;
- a **canzone**: uma peça instrumental polifônica semelhante a uma canção.

A *galharda*, uma dança a dois de conquista amorosa, era frequentemente executada após a *pavana*.

Martinho Lutero (1483-1546) traduziu não apenas a Bíblia, do latim para o alemão, mas também diversos cantos religiosos, para que todos os entendessem na Alemanha. Compôs também novos cantos, como, por exemplo, *Vom Himmel hoch, da komm ich her* [*Do alto dos céus, de lá eu venho*] ou *Ein feste Burg ist unser Gott* [*Castelo forte é nosso Deus*].

A música dançante do Renascimento

Eram apreciadas principalmente as danças de passos lentos em compasso binário, como **pavana** e **basse danse**, assim como a **galharda**, uma dança rápida em compasso ternário.

Renascimento (por volta de 1400-1600)

Onde ficavam os centros musicais?

As inovações na música renascentista vieram a princípio quase que exclusivamente dos Países Baixos (antiga denominação para Holanda, Bélgica, Luxemburgo e partes do norte da França), razão pela qual essa época é denominada geralmente como Escola *Neerlandesa*. Mas fala-se também em *Escola Franco-Flamenga*. Mais tarde, os centros musicais se deslocaram para a Itália, com influência sobre a Alemanha, França, Espanha e Inglaterra.

A orquestra da corte de Munique, conduzida por Orlando di Lasso (à espineta).

Importantes compositores renascentistas

- John Dunstable (cerca de 1380-1453)
- Gilles Binchois (cerca de 1400-1460)
- Guillaume Dufay (cerca de 1400-1474)
- Johannes Ockeghem (cerca de 1425-1495)
- Heinrich Isaac (cerca de 1450-1517)
- Josquin des Prez (cerca de 1450-1521)
- Adrian Willaert (cerca 1480/90-1562)
- Andrea Gabrieli (cerca de 1510-1586)
- Giovanni Pierluigi da Palestrina (cerca de 1525-1594)
- Orlando di Lasso (cerca de 1532-1594)
- William Byrd (1543/44-1623)
- Giovanni Gabrieli (cerca de 1557-1613)
- Don Carlo Gesualdo (cerca de 1560-1613)
- Jan Pieterszoon Sweelinck (1562-1621)
- John Dowland (1562/63-1626)
- Hans Leo Hassler (1564-1612)
- Michael Praetorius (1571-1621)

Giovanni Pierluigi da Palestrina (por volta de 1525-1594), um dos maiores compositores do Renascimento, atuou, entre outras coisas, como mestre de capela na Basílica de São Pedro, em Roma. Dedicou sua obra quase que exclusivamente à música sacra. Compôs, por exemplo, mais de 100 missas (sua mais famosa é a *Missa Papae Marcelli*) e mais de 300 motetos. Suas obras sacras, que se destacam pelo equilíbrio rítmico e melódico, assim como pelo texto compreensível, foram consideradas, em sua época e também mais tarde, um exemplo para a música de igreja.

Orlando di Lasso (por volta de 1532-1594) foi certamente o mais produtivo compositor renascentista. Escreveu mais de 2 mil obras, entre elas cerca de 1,2 mil motetos. De 1564 até sua morte, conduziu a orquestra da corte do duque Albrecht V da Baviera, em Munique. Ainda em vida foi muito reconhecido, tendo recebido inúmeras homenagens.

Renascimento (por volta de 1400-1600)

Instrumentos musicais do Renascimento

Instrumentos de cordas

- alaúde renascentista
- teorba
- chitarrone
- mandola (semelhante ao alaúde, porém menor e menos abaulado)
- cistre (instrumento dedilhado com caixa em forma de pera)
- violão
- vihuela (como o violão, mas com mais cordas)
- trombeta marinha (grande instrumento com uma única corda)
- viola da braccio (mantida no braço)
- lira da braccio (mantida no braço)
- viola da gamba (colocada entre as pernas)
- lira da gamba (colocada entre as pernas)

Instrumentos de teclado

- virginal
- espineta
- clavicórdio
- cravo
- órgão

Instrumentos de sopro

- flauta doce, flauta renascentista (transversal)
- charamela
- cromorno
- trompete
- trombone
- trompa
- corneta (*cornetto*)
- serpentão (instrumento em forma de serpente)

Instrumentos de percussão

- tambores
- tímpano

A *teorba* é um alaúde com dois tipos de cordas: melódicas e de bordão. As cordas de bordão são de vibração livre*; elas se encontram num segundo cravelhal.

* presas fora do braço, elas vibravam mais e produziam uma única nota cada. (N.E.)

O *cromorno*, que – como muitos instrumentos renascentistas – era construído em vários tamanhos, é um instrumento de sopro de madeira com cano arqueado, semelhante a uma bengala. O som forte, nasalado, é típico da música renascentista.

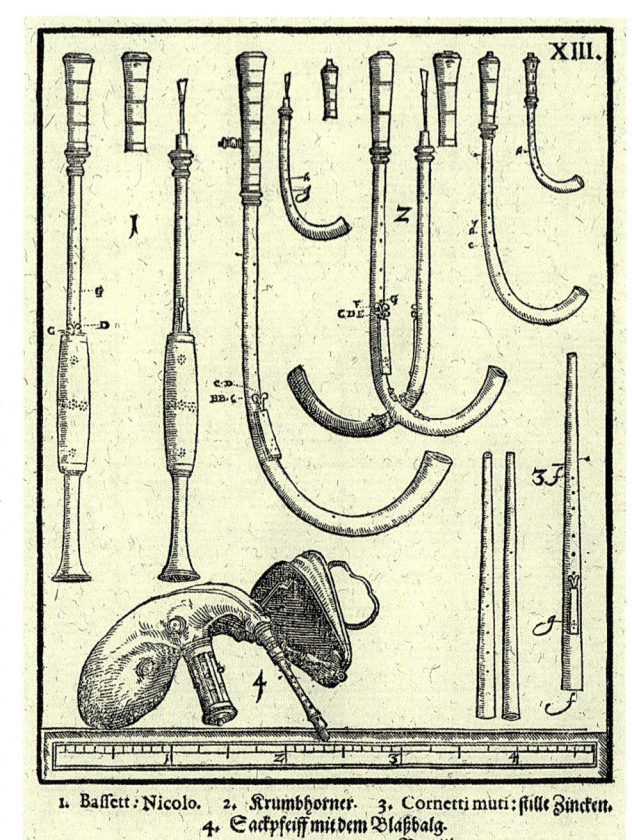

Renascimento (por volta de 1400-1600)

Três damas executam uma *chanson* francesa. A cantora é acompanhada por uma *flauta transversal* e um *alaúde renascentista* (o instrumento musical doméstico predominante no século XVI).

Cena musical em uma taverna reproduzida numa tapeçaria.

No *virginal* (do latim *virga* = haste) as cordas são beliscadas por plectros de penas de aves quando as teclas são tocadas. Este instrumento em forma de caixa era especialmente apreciado na Inglaterra.

Renascimento (por volta de 1400-1600)

Jogo da música: Renascimento

1. Que período é abrangido pelo Renascimento?
   a) mais ou menos de 600 a 1400
   b) mais ou menos de 1400 a 1600
   c) mais ou menos de 1600 a 1750

2. Quem traduziu a Bíblia e muitos cantos sacros do latim para o alemão?
   a) papa Gregório I
   b) Michael Praetorius
   c) Martinho Lutero

3. O que é um prelúdio?
   a) uma dança
   b) uma abertura instrumental
   c) uma canção

4. Onde ficavam os centros musicais no começo do Renascimento?
   a) nos Países Baixos
   b) na Alemanha
   c) na Espanha

5. Como se chama uma dança de passos lentos, apreciada no Renascimento?
   a) tocata
   b) moteto
   c) pavana

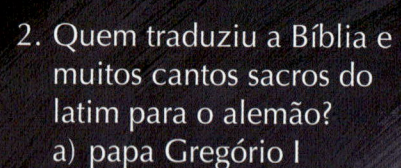

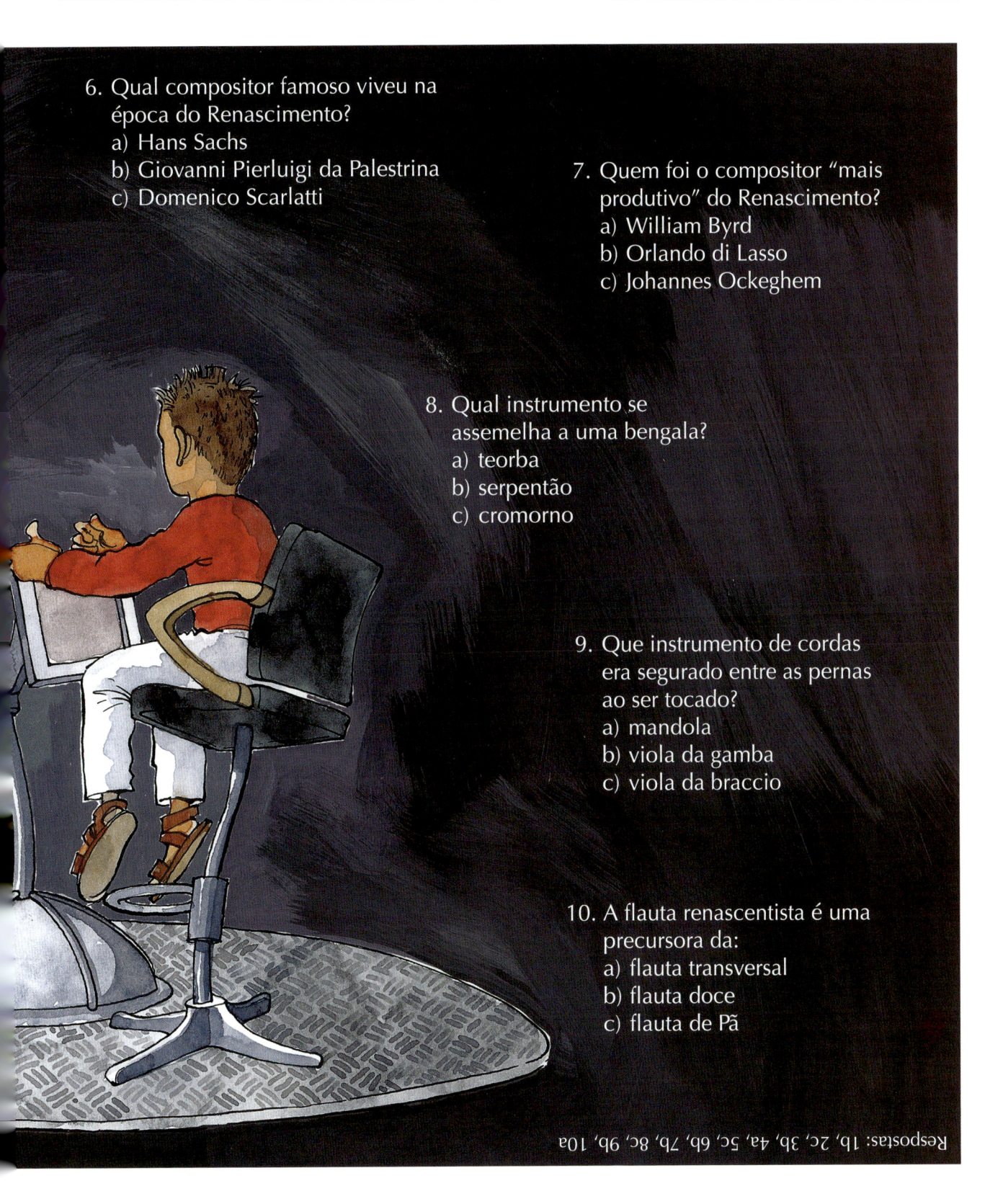

Renascimento (por volta de 1400-1600)

6. Qual compositor famoso viveu na época do Renascimento?
   a) Hans Sachs
   b) Giovanni Pierluigi da Palestrina
   c) Domenico Scarlatti

7. Quem foi o compositor "mais produtivo" do Renascimento?
   a) William Byrd
   b) Orlando di Lasso
   c) Johannes Ockeghem

8. Qual instrumento se assemelha a uma bengala?
   a) teorba
   b) serpentão
   c) cromorno

9. Que instrumento de cordas era segurado entre as pernas ao ser tocado?
   a) mandola
   b) viola da gamba
   c) viola da braccio

10. A flauta renascentista é uma precursora da:
    a) flauta transversal
    b) flauta doce
    c) flauta de Pã

Respostas: 1b, 2c, 3b, 4a, 5c, 6b, 7b, 8c, 9b, 10a

Barroco (por volta de 1600-1750)

Quarta viagem no tempo

– Estou tão ansiosa para visitar o palácio! Então não ande tão devagar, Frederico – diz Clara, impaciente, e puxa seu amigo pelo caminho da floresta, que sobe levemente. Frederico se queixa.

– Pensei que a gente estivesse de férias, e não treinando para uma corrida de longa distância. Vou me sentar ali naquela pedra grande. A gente tem que esperar pelos meus avós de qualquer jeito. – Ele abre sua mochila, tira uma garrafa de água e toma um grande gole. – Ah, lá vêm eles! – Depois de certo tempo, eles estão diante de um palácio barroco.

– Oh, que lindo! – exclama Clara, entusiasmada.

Barroco (por volta de 1600-1750)

– Está começando uma visita guiada – diz a avó. – Vocês vão se surpreender com o interior.
Meia hora depois, eles estão sentados num banco no jardim do palácio.
– Foi maravilhoso! – diz Clara, entusiasmada. – Ah, eu gostaria de poder voltar no tempo e ser uma princesa num palácio como este.
O avô sorri:
– Isso parece hoje muito romântico, mas na época barroca os reis também tinham que viver com alguns contratempos. Eu poderia contar algumas histórias para vocês...
Frederico fica de orelhas em pé:
– O senhor quer dizer uma outra aventura com a máquina do tempo?
– Bem – diz o avô com um sorrisinho –, na época eu era jovem e aventureiro; e com uma máquina daquelas...
Por um momento ele se cala e fica pensativo.
– Durante a visita ao palácio – continua –, vocês admiraram a estátua do rei Luís XIV, no átrio. Então me lembrei de minha viagem, pois eu conheci esse senhor pessoalmente!
Clara e Frederico, atônitos, olham para ele.
– Uau! – diz então Frederico. – Tenho que me acostumar com a ideia de que não tenho um avô muito comum. Mas acho isso o máximo!
– Sinto-me lisonjeado – diz o avô, sorrindo. – Mas antes de contar a história para você, vamos indo para o pavilhão real, certo? Esse nós temos que ver sem falta!
"Bem, foi um pouco antes de nosso casamento", ele começa a contar e traz a avó, que caminha a seu lado, carinhosamente para mais perto de si. "Eu queria comprar um presente de casamento e passei por muitas lojas da cidade. Quando olhei a vitrine de uma livraria, descobri alguns livros sobre os reis franceses e seus palácios. Fiquei tão fascinado que esqueci completamente o motivo verdadeiro de minha ida à cidade e comprei um livro sobre Luís XIV. A ideia de usar minha máquina do tempo e tornar a história realidade foi tomando cada vez mais conta de mim. Quando, por acaso, passei por uma loja de aluguel de fantasias, entrei e aluguei um magnífico traje barroco e uma peruca cacheada. Então, corri para casa. Preparei tudo rapidamente. Durante toda a noite, li sobre o rei – do que ele gostava e o que não suportava – para correr o menor risco possível.

Barroco (por volta de 1600-1750)

"Na manhã seguinte, depois de três horas de sono, no máximo, regulei a máquina para o ano de 1680, coloquei a caixinha para a viagem de volta no bolso e apertei o botão de partida. Mas como a peruca escorregou na frente dos meus olhos, minha mão resvalou e ainda consegui ver que o ponteiro do tempo girou para trás antes de eu ser envolvido na luz brilhante.

"Logo depois, eu estava numa rua sombria de paralelepípedos. Endireitava minha peruca, quando uma trepidação barulhenta chamou minha atenção. 'Ei, não olha por onde anda? Suma!', vociferou de repente um cocheiro que passou esbarrando em mim com sua carruagem e quatro cavalos, numa velocidade estonteante. Apavorado, pulei para o lado e me encostei na parede de uma casa.

"Estava numa cidade – isso estava claro. Mas onde? Para descobrir, saí andando e cheguei a ruas mais movimentadas. Não demorou muito até que eu ouvisse uma multidão furiosa. Quando me aproximei, vi que uma moça pobremente vestida estava sendo levada por um homem de uniforme. 'Ladra', gritou uma mulher, indignada, que, na hora, arrancou um pãozinho da mão da prisioneira para jogá-lo novamente num cesto cheio de pães frescos."

Barroco (por volta de 1600-1750)

– Certamente a moça só estava com fome – exclama Clara antes de tropeçar numa raiz de árvore.
– É, mas sabe – explica a avó –, naquele tempo, a vida de quem não pertencia à nobreza não era nada farta. Cada um tentava defender com unhas e dentes o pouco que possuía. Não se podia dar ao luxo de ter compaixão por outros.

A avó mostra um banco convidativo ao sol.

– Vamos sentar lá um pouquinho! Estou com dó do vovô. Ele já está ofegante.
– Qual é o problema comigo? – diz, indignado. – Depois de um caminho tão curto e com sapatos tão confortáveis? Naquela viagem, eu estava usando sapatos enfeitados e com salto, que era a grande moda masculina. Com eles, qualquer caminho, por mais curto que fosse, se tornava uma tortura. – Finalmente ele também se sentou junto dos outros, que se alimentavam de maçãs que a avó distribuía.

Depois de ter comido sua maçã, o avô continuou:

– Vaguei sem rumo pelas vielas e absorvi todas as impressões novas. "Como a vida do nosso tempo é limpa e organizada!", pensei. Os cheiros que me subiam até o nariz eram tudo, menos agradáveis. Finalmente, cheguei a uma enorme catedral com duas torres quadradas: Notre Dame. Então eu estava em Paris! Mas em que ano? Fui até o portal para dar uma olhada rápida no interior, quando dei de encontro com dois homens que saíam apressados.

"'*Pardon, monsieur*', disse um, que carregava um estojo com seu violino debaixo do braço. O outro vestia um hábito religioso e não estava lá muito acostumado a pedir desculpas a ninguém. Ele só me acenou rapidamente com a cabeça, quando manifestei meu lamento. Eu ainda não tinha noção de quem estava à minha frente. Rapidamente, aproveitei a oportunidade de conversar com os dois. Fingi ser um compositor alemão que queria fazer extensos estudos na França. Então, ambos se apresentaram como cardeal Mazarin e o compositor Jean de Cambefort.

Barroco (por volta de 1600-1750)

"Fiquei sabendo que eles estavam a caminho da corte real, onde, no dia seguinte, seria apresentado o *Ballet de la nuit*. A minha cabeça pôs-se imediatamente a funcionar: quando é mesmo que havia acontecido a apresentação daquele balé famoso? 1659 – não, 1653! Portanto, o rei Luís XIV devia estar com 14 anos! A máquina do tempo havia se desviado só um pouquinho. Cambefort ofereceu-se para me levar à corte, onde daria aula a um jovem compositor – um certo Jean-Baptiste Lully, talentoso, mas ainda muito inexperiente.

"Aos poucos, compreendi que me encontrava bem no meio da história francesa. De tanta emoção nem sentia mais os sapatos, que me apertavam cada vez mais. Eu caminharia quilômetros com eles. Mas não chegou a tanto, pois um influente cardeal andaria, no máximo, alguns passos a pé. Um coche nos levou ao Louvre."

Frederico levanta a cabeça, atônito:

– Por que vocês foram ao museu?

O avô dá um risinho:

– Antigamente, o Louvre era o palácio real. Tornou-se museu muito, muito mais tarde, meu filho. No palácio, o movimento era de uma colmeia. Serviçais corriam pelos corredores, suplicantes aguardavam até serem ouvidos por alguém sobre seus assuntos, e as damas nobres passavam por mim, desfilando seus valiosos vestidos. O cardeal Mazarin dirigiu-se aos aposentos reais, pois era ele que ainda governava por Luís, que acabara de atingir a maioridade. Cambefort levou-me à sala de música, onde um jovem ensaiava alguns passos de dança.

Barroco (por volta de 1600-1750)

"'Este é o tal Lully', sussurrou-me. 'No ano passado, ele ainda era um camareiro real, mas soube como se tornar querido junto ao jovem rei, que é obcecado por dança. Escreveu também algumas peças para o balé de amanhã.' Era visível o pouco entusiasmo que Cambefort tinha pelo jovem concorrente.

"Quando Lully nos notou, logo puxou a partitura de sua mais nova composição. Mas Cambefort estava muito ocupado com os preparativos do balé do dia seguinte, em sua maior parte com composições dele, e assim pude dar uma olhada nas partituras de Lully. Este, claro, nem imaginava que eu sabia como ele ainda seria famoso. Como eu segurava suas partituras nas mãos com muito respeito, ele logo me achou simpático e me contou sobre a apresentação programada, em que dançaria lado a lado com o rei. E imaginem: no dia seguinte, eu realmente estive lá! O balé levou 13 horas, começando ao pôr do sol. Era sobre as figuras mitológicas da noite e tinha muitas histórias noturnas. O jovem Luís dançou vários papéis, mas, num deles, foi arrebatador: dançou o Sol, e foi tão impressionante que ficou conhecido como 'Rei-Sol'.

Barroco (por volta de 1600-1750)

"Aliás, antes do início da apresentação, recebi de presente um leque valioso para me refrescar um pouco no teatro."

– Ele foi o meu presente de casamento. Eu ainda o tenho e o guardo como minha menina dos olhos. Hoje à noite eu o mostro para vocês! – diz a avó, e olha sorridente para o avô.

– E o que aconteceu com Lully? – pergunta Clara.
– Lully, que inicialmente tocava violino na orquestra da corte, logo depois foi nomeado compositor da corte pelo rei Luís – explica o avô. – No decorrer de sua vida, escreveu música sacra e obras instrumentais, mas principalmente balés e óperas. Ele criou um estilo de ópera francês bem característico. A ópera, que havia surgido em 1607 na Itália, era muito apreciada em toda a Europa.

Barroco (por volta de 1600-1750)

– Quanto tempo Lully viveu, afinal? – quer saber Clara.

O avô pensa por um momento:

– Morreu em 1687, com 54 anos, por um descuido – melhor dizendo, por uma batuta. Antigamente, a batuta não era tão pequena e delicada como hoje. Chegava quase aos ombros de uma pessoa e marcava-se o ritmo com ela, batendo no chão. Por um infeliz acaso, Lully colocou seu pé entre a batuta e o chão e morreu de septicemia.

Clara faz uma careta:

– Coitado! Se fosse hoje, ele sobreviveria. Acho que sou feliz por viver nestes tempos e não ser uma princesa da época barroca. Mas... uma olhadinha numa outra época... o que você acha, Frederico?

As crianças se entreolham e um pensamento começa a crescer na cabeça dos dois.

– Vovô – pergunta Frederico –, será que a gente pode fazer uma viagem com o senhor? Você sempre voltou são e salvo!

A avó suspira:

– Eu pressenti que essa pergunta viria. Mas o que os pais de vocês vão dizer?

O avô acalma.

– Eles também tiveram suas próprias aventuras na juventude! Vamos pensar com calma a respeito do assunto. E parece que vamos ter que dormir no banco do parque, se ficarmos mais tempo por aqui!

Rindo, levantam-se e seguem até o pavilhão real.

Barroco (por volta de 1600-1750)

Vale a pena saber sobre a música barroca

A época *barroca* abrange os anos 1600-1750.

O que é característico do período barroco?

As pessoas, principalmente na corte, gostavam de pompa, floreados e ornamentos. Palácios, igrejas e casas opulentos foram construídos. Usava-se roupa cara e perucas brancas e gostava-se do artificial, do que não fosse natural. Poderíamos dizer: o mundo barroco era como um teatro com atores e mestres de cerimônia.

De onde vem a palavra "barroco"?

A palavra "barroco" vem do português: barroco = irregular, torto. O conceito surgiu só após 1750. Inicialmente, denominava-se com ele o estilo artístico da época anterior, de forma pejorativa: em vez de exuberante e sonora, a nova geração considerava aquela música pomposa e pesada. A partir do século XIX, a música barroca passou a ser cada vez mais apreciada.

Palácio de Versalhes, perto de Paris

Características musicais do barroco

A prática do baixo contínuo

O baixo contínuo é a denominação dada a uma nota grave ininterrupta (*basso continuo*) numa composição. O cravista ou organista cria harmonias apropriadas a ele, seguindo certas regras. Para isso, as cifras escritas sob a voz do baixo o auxiliam. Trata-se de um tipo de escrita numérica ou abreviada. O baixo contínuo pode ser executado não apenas em instrumento de teclado, mas também, por exemplo, no alaúde (em conjunto com um instrumento grave de cordas ou de sopro). Canto, instrumentos solo ou conjuntos eram acompanhados dessa maneira. O baixo contínuo é típico do período barroco, de forma que se fala também da *época do baixo contínuo*.

Os ornamentos

Ornamentos são notas isoladas ou sequências rápidas de notas que enfeitam uma melodia. São representados por certos sinais. Ornamentos importantes são, por exemplo, a *appoggiatura*, o *trillo* ou *trinado*, o *mordente* e o *mordente inferior*. Esses efeitos têm sua origem na improvisação. No barroco, eram muito apreciados e bastante diferentes nos diversos países. Muitas vezes, os compositores também executavam o mesmo ornamento de maneira diferente, de forma que publicavam as próprias tabelas de ornamentos, como J. S. Bach em seu *Klavierbüchlein* [Pequeno livro de instrumentos de teclado] *para Wilhelm Friedemann Bach* (1720).

Barroco (por volta de 1600-1750)

Onde surgiu a ópera?

A ópera desenvolveu-se por volta de 1600, em Florença, na Itália. Ali se formou um grupo de estudiosos (nobres, filósofos, poetas e músicos) para fazer reviver o drama grego (uma forma especial de teatro na antiga Grécia). Havia, na época, peças teatrais com canto – mas não um drama que fosse musicado e cantado. Também havia as mascaradas e os mistérios (dramas religiosos), porém neles o canto e a música não tinham um papel essencial. Aos poucos, desenvolveu-se uma nova forma de peças teatrais com música.

O compositor *Claudio Monteverdi* escreveu em 1607, na Itália, a primeira verdadeira ópera, intitulada *L'Orfeo*, que se tornou famosa em toda a Europa. O primeiro teatro de ópera foi inaugurado em 1637, em Veneza.

Claudio Monteverdi (1567-1643), compositor italiano, foi mestre de capela na Basílica de São Marcos, em Veneza, de 1613 até sua morte. Criou um estilo novo e moderno de composição, caracterizado, entre outras coisas, pela forte expressão do sentimento. O texto tinha um papel importante e determinava a música. Suas obras mais importantes são oito livros de madrigais, as *Vésperas da Virgem* e a ópera *L'Orfeo*. Ele é considerado o mais importante compositor de óperas do século XVII.

Uma das casas de ópera mais famosas do mundo fica em Milão e se chama *Teatro alla Scala*. Esse magnífico teatro foi construído entre 1776 e 1778 e abriga 3,6 mil espectadores.

O teatro de ópera em Sydney, na Austrália, foi projetado por um arquiteto dinamarquês e inaugurado em 1973. A princípio polêmico, hoje é um dos símbolos do país. Ele é visitado por 4 milhões de pessoas anualmente.

Barroco (por volta de 1600-1750)

Formas musicais importantes do barroco

Música vocal

Ópera: obra musical com canto e orquestra na qual se encena uma história no palco. O texto da ópera é apresentado em árias, recitativos (canto declamado) e coros.

Oratório: composição com várias partes para coro, vozes individuais e orquestra, com estrutura musical semelhante à da ópera. Ele trata geralmente de temas sacros e utiliza textos bíblicos. Via de regra, o oratório não é encenado, mas apresentado em forma de concerto.

Paixão: é uma forma especial do oratório – uma musicalização da história do sofrimento de Jesus Cristo segundo os evangelhos.

Cantata: obra para vozes com acompanhamento instrumental dividida em várias partes. O texto é religioso ou profano. Ela se assemelha ao oratório, mas tem dimensão menor.

Música instrumental

Concerto grosso: é a principal forma da música instrumental barroca. A grande orquestra *(tutti)* e um pequeno grupo de instrumentos, chamado de *concertino*, tocam alternadamente. O concertino pode ser formado da seguinte maneira: dois violinos (ou flautas ou oboés) e um violoncelo ou cravo. Arcangelo Corelli é considerado o "criador" desse gênero. Seu concerto grosso mais famoso é o *Concerto para a noite de Natal*.

Fuga: peça musical para várias vozes, composta segundo regras rígidas e de forma muito habilidosa. Desenvolveu-se a partir do cânone e do ricercar. Um mestre da fuga foi J. S. Bach.

Suíte: composição de vários movimentos que se constitui de uma sequência de danças. No período barroco, a forma básica da suíte consistia em quatro danças:
• alemanda
• corrente
• sarabanda
• giga
A suíte podia ser ampliada com danças como o minueto, a bourrée, a air, a pavana, a galharda e a gavota.

O *minueto* foi a dança de corte mais apreciada nos séculos XVII e XVIII. Na corte de Luís XIV, tornou-se a dança mais importante dos bailes.

Cena de uma ópera barroca

Barroco (por volta de 1600-1750)

Instrumentos musicais do período barroco

Instrumentos de cordas
- violino
- viola
- viola da gamba
- violoncelo
- alaúde
- teorba
- harpa

Instrumentos de teclado
- clavicórdio
- espineta
- cravo
- órgão

Instrumentos de sopro
- flauta doce/flauta transversal
- oboé
- fagote
- charamela
- corneto
- cromorno
- trompete
- trompa

Instrumentos de percussão
- tímpanos
- tambores
- chocalhos, guizos

O rei dos instrumentos

O violino tornou-se o *rei dos instrumentos* no período barroco. Famosos *luthiers** foram Antonio Stradivarius e Giuseppe Guarneri, na Itália, e Matthias Klotz, em Mittenwald, na Alemanha.

Este quadro mostra alguns instrumentos musicais apreciados no período barroco, como violinos, violoncelos, alaúdes, timbales, trompetes, trompas e um fagote.

A orquestra barroca

Não havia uma formação orquestral fixa cuja disposição devesse ser rigidamente seguida no período barroco. Ao redor dos instrumentos do baixo contínuo (por exemplo, cravo ou órgão, alaúde, teorba, violoncelo, fagote) agrupavam-se os instrumentos da melodia (por exemplo, violino, flauta, oboé etc.).

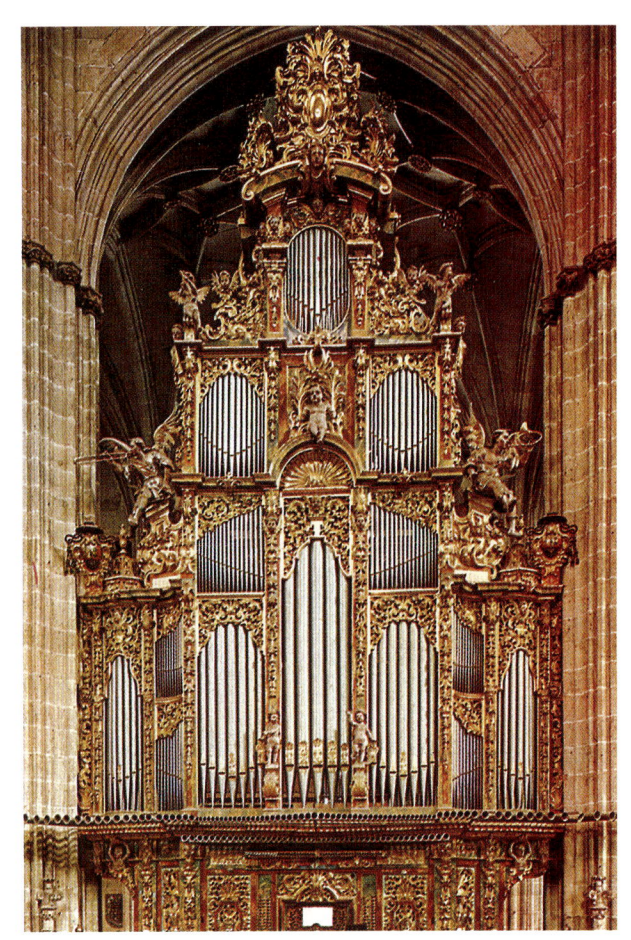

Este magnífico órgão barroco na catedral de Salamanca é um dos maiores da Espanha. Chamam a atenção os tubos ordenados horizontalmente (embaixo, na foto) que avançam para a frente. O período barroco foi o apogeu da construção de órgãos. J. S. Bach compôs música para esse instrumento e foi um organista excepcional.

---

* Pessoa que fabrica e repara instrumentos de corda, como o violino. (N. E.)

Barroco (por volta de 1600-1750)

Compositores barrocos famosos

Na Itália:
- Claudio Monteverdi (1567-1643)
- Arcangelo Corelli (1653-1713)
- Alessandro Scarlatti (1660-1725)
- Antonio Vivaldi (por volta de 1678-1741)
- Domenico Scarlatti (1685-1757)

Na Alemanha:
- Heinrich Schütz (1585-1672)
- Dietrich Buxtehude (1637-1707)
- Georg Philipp Telemann (1681-1767)
- Johann Sebastian Bach (1685-1750)
- Georg Friedrich Haendel (1685-1759)

Na França:
- Jean-Baptiste Lully (1632-1687)
- François Couperin (1668-1733)
- Jean-Philippe Rameau (1683-1764)

Na Inglaterra:
- Henry Purcell (1659-1695)
- Georg Friedrich Haendel (1685-1759)

Heinrich Schütz (1585-1672), compositor alemão, foi mestre de capela da corte em Dresden a partir de 1617 (com interrupções). Seu estilo musical foi moldado essencialmente na Itália. Schütz escreveu quase que somente composições sacras. Viveu até os 87 anos.

Jean-Baptiste Lully (1632-1687), músico francês de ascendência italiana, era o compositor da corte do *Rei-Sol Luís XIV*, em Versalhes. Foi o fundador da ópera nacional francesa. O ponto forte de sua obra foram óperas e balés.

Antonio Vivaldi (por volta de 1678-1741), compositor e violinista virtuose italiano, deixou uma obra extensa: compôs música sacra, inúmeras óperas, porém predominantemente concertos para instrumentos solo e orquestra (mais ou menos 450, sendo 221 para violino) e concertos grossos.

Vivaldi escreveu um dos mais conhecidos e belos concertos do período barroco: *As quatro estações*. Era professor de violino, maestro e compositor da escola Ospedale della Pietà, uma instituição social que abrigava meninas órfãs, filhas ilegítimas ou difíceis de serem educadas. Sob a direção de Vivaldi, sua orquestra tornou-se conhecida mundialmente.

Devido a seus cabelos ruivos aloirados e sua ordenação para padre, era conhecido também pelo apelido "padre ruivo".

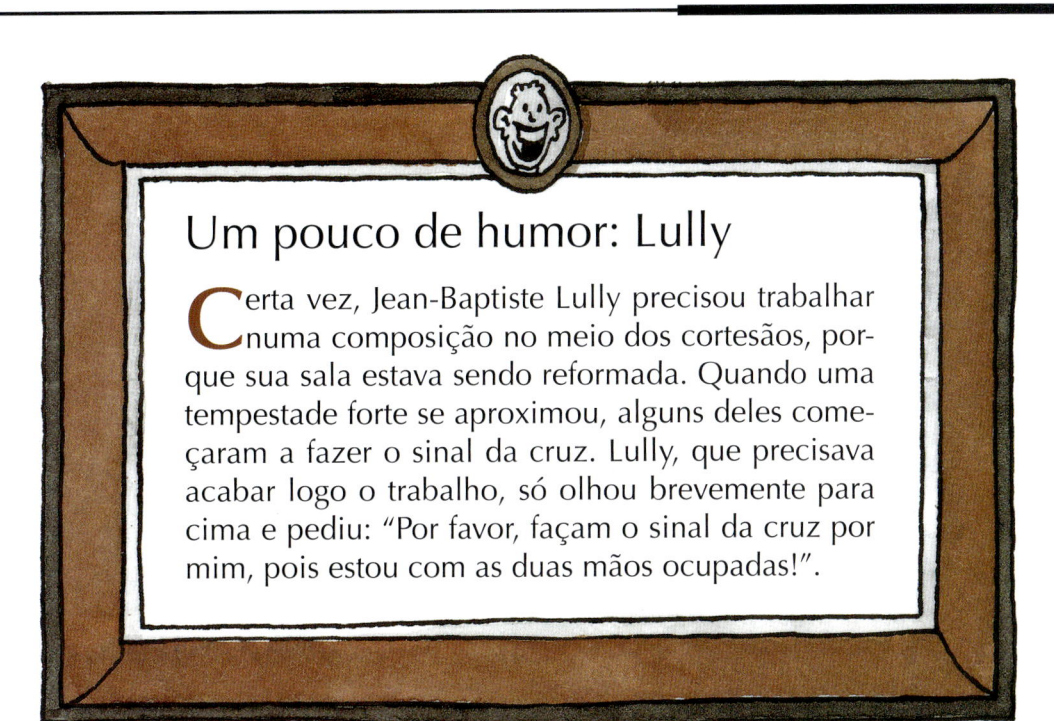

Barroco (por volta de 1600-1750)

Um pouco de humor: Lully

Certa vez, Jean-Baptiste Lully precisou trabalhar numa composição no meio dos cortesãos, porque sua sala estava sendo reformada. Quando uma tempestade forte se aproximou, alguns deles começaram a fazer o sinal da cruz. Lully, que precisava acabar logo o trabalho, só olhou brevemente para cima e pediu: "Por favor, façam o sinal da cruz por mim, pois estou com as duas mãos ocupadas!".

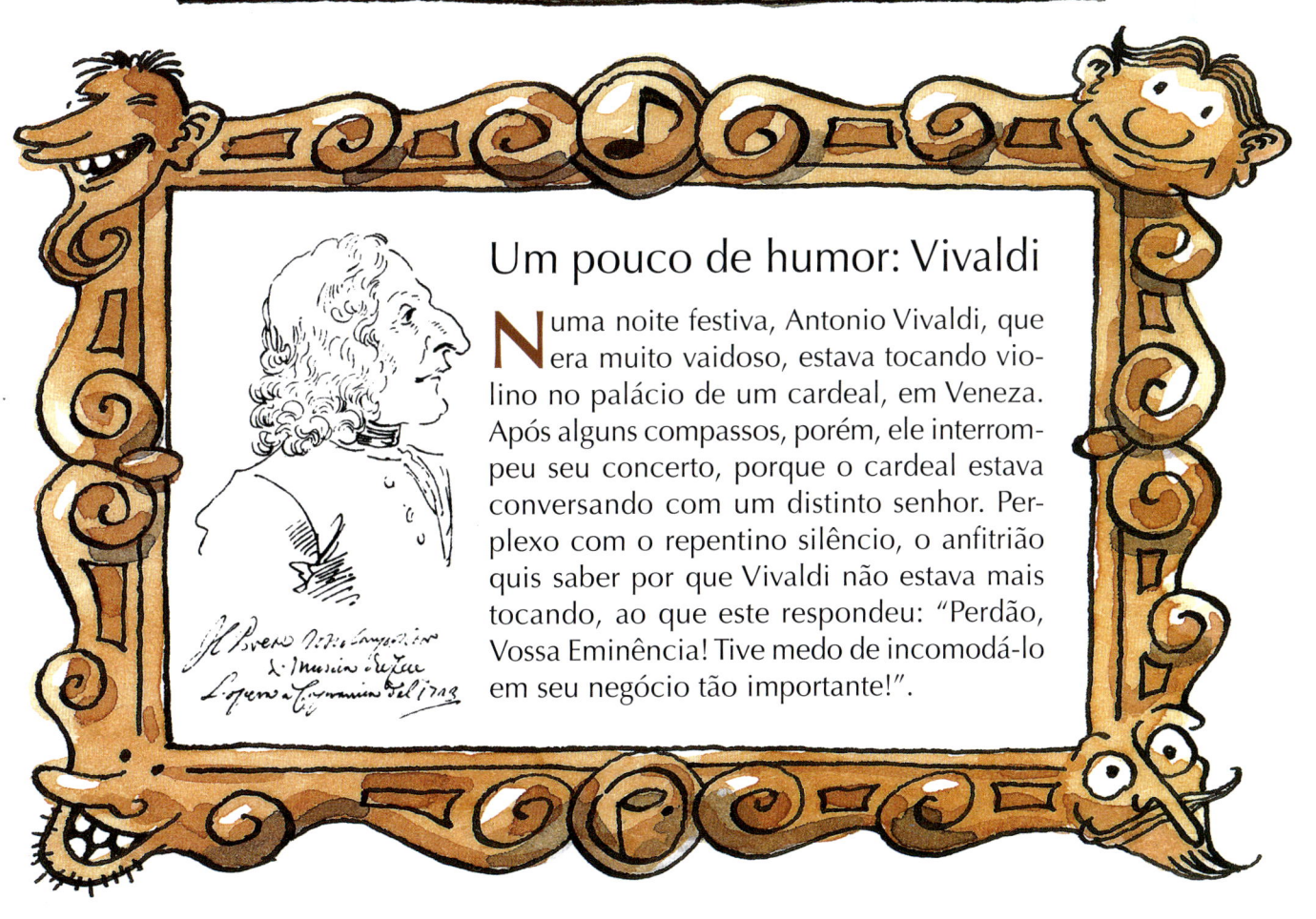

Um pouco de humor: Vivaldi

Numa noite festiva, Antonio Vivaldi, que era muito vaidoso, estava tocando violino no palácio de um cardeal, em Veneza. Após alguns compassos, porém, ele interrompeu seu concerto, porque o cardeal estava conversando com um distinto senhor. Perplexo com o repentino silêncio, o anfitrião quis saber por que Vivaldi não estava mais tocando, ao que este respondeu: "Perdão, Vossa Eminência! Tive medo de incomodá-lo em seu negócio tão importante!".

Barroco (por volta de 1600-1750)

Henry Purcell (1659-1695) foi o compositor barroco inglês mais notável. Recebeu até o título de "compositor da corte real". Purcell escreveu mais de 40 músicas para teatro, seis óperas, música vocal e sacra, obras de câmara e para instrumentos de teclado (órgão, cravo). Purcell foi sepultado na Abadia de Westminster, em Londres.

Jean-Philippe Rameau (1683-1764) foi o mais importante compositor e teórico musical francês do período barroco. Levou a ópera francesa ao seu apogeu. Além disso, escreveu inúmeras obras para cravo, assim como música vocal e de câmara. Foi o grande cravista e organista da França.

Georg Philipp Telemann (1681-1767) foi considerado, em sua época, o compositor mais famoso da Alemanha; quer dizer, era muito mais prestigiado do que J. S. Bach e Haendel. De 1721 até sua morte, foi Kantor* e diretor musical das cinco principais igrejas de Hamburgo. Sua obra excepcionalmente vasta abrange quase todos os gêneros musicais, entre eles mil suítes orquestrais e 40 óperas e paixões.

* cargo importante de direção e ensino musical, em geral ligado à igreja luterana de cada cidade alemã (N.E.)

Domenico Scarlatti (1685-1757), compositor e cravista italiano, era filho e aluno de Alessandro Scarlatti (1660-1725). Atuou como mestre de capela em Roma, depois como cravista em Lisboa e, posteriormente, em Madri. Escreveu mais de 500 peças curtas para cravo, além de óperas, oratórios, cantatas e outras obras religiosas.

Barroco (por volta de 1600-1750)

Um pouco de humor: Telemann

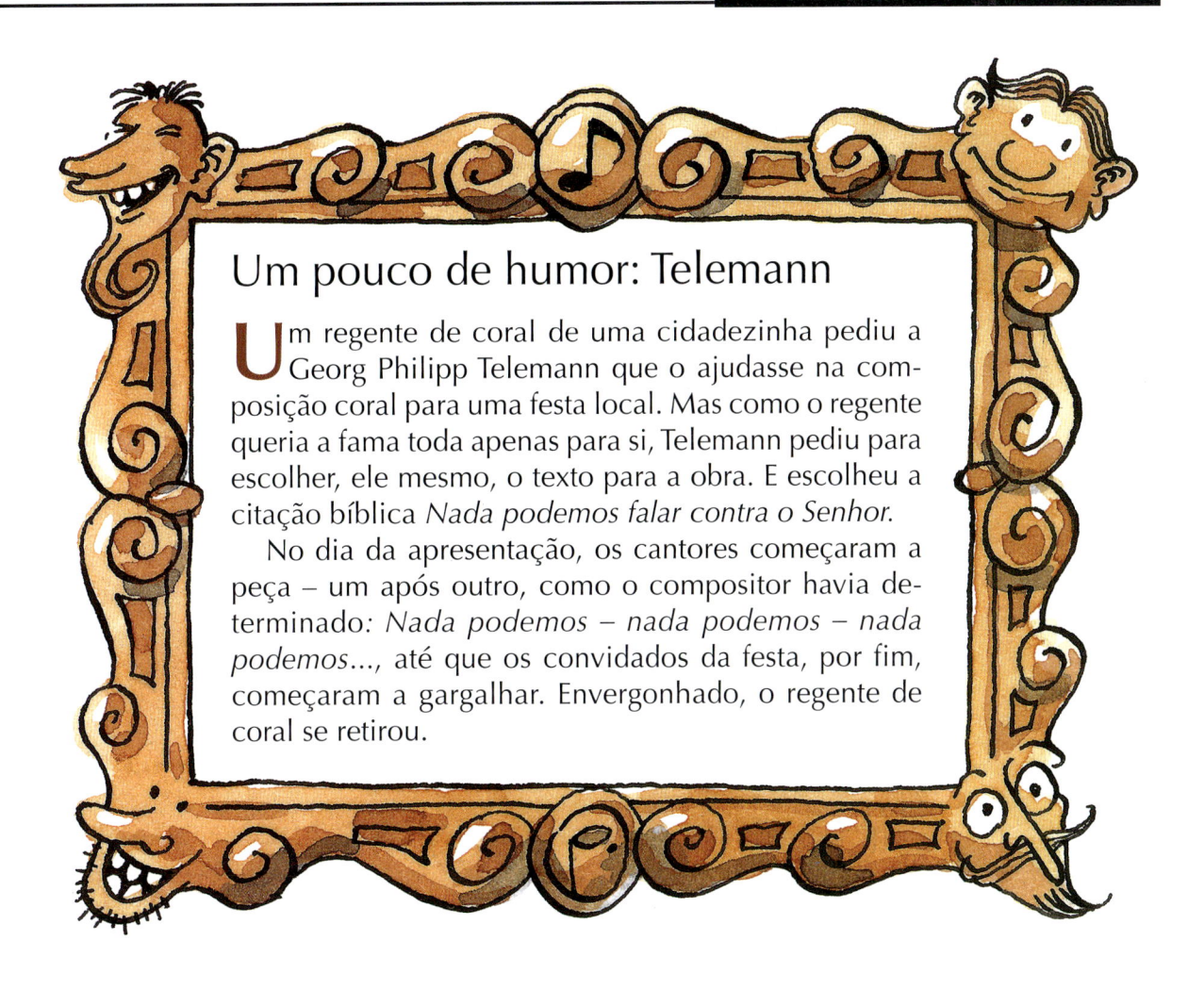

Um regente de coral de uma cidadezinha pediu a Georg Philipp Telemann que o ajudasse na composição coral para uma festa local. Mas como o regente queria a fama toda apenas para si, Telemann pediu para escolher, ele mesmo, o texto para a obra. E escolheu a citação bíblica *Nada podemos falar contra o Senhor*.

No dia da apresentação, os cantores começaram a peça – um após outro, como o compositor havia determinado: *Nada podemos – nada podemos – nada podemos...*, até que os convidados da festa, por fim, começaram a gargalhar. Envergonhado, o regente de coral se retirou.

Um pouco de humor: Rameau

Jean-Philippe Rameau estava no leito de morte. Um padre lhe deu a extrema-unção, cantando um cântico. Então Rameau abriu os olhos e disse: "Como é que se pode cantar tão mal?".

Barroco (por volta de 1600-1750)

Johann Sebastian Bach nasceu em 21 de março de 1685, em Eisenach. Tanto seu pai como muitos de seus antepassados haviam sido músicos importantes. Johann Sebastian recebeu as primeiras aulas de música do pai. Mas logo, aos 10 anos, ficou órfão. O seu irmão, 14 anos mais velho, o acolheu e lhe deu aulas de cravo e de órgão. A partir de 1700, Johann Sebastian frequentou, por dois anos, a escola do mosteiro de São Miguel, em Lüneburg, onde se tornou membro do coral infantil. Logo assumiu o serviço de órgão em diversas igrejas.

Mais tarde, tornou-se organista da corte, músico de câmara e mestre de concertos da corte de Weimar. Como não foi promovido, pediu demissão e tornou-se mestre de capela da corte em Köthen. De 1723 até sua morte, em 1750, foi Kantor na famosa igreja de São Tomás, em Leipzig, exercendo funções de regente de coral religioso, chantre (cantor principal) e professor de canto.

Bach é um dos maiores compositores do período barroco e da história da música em geral. Foi um virtuose excepcional do órgão e do cravo e um mestre da improvisação. Bach era muito dedicado e deixou mais de mil obras. De seus vinte filhos (foi casado duas vezes), sobreviveram apenas nove. Quatro deles tornaram-se músicos famosos: Wilhelm Friedemann, Carl Philipp Emanuel, Johann Christoph Friedrich e Johann Christian.

O que Bach compôs

- Obras vocais (entre elas, 200 cantatas)
- Obras orquestrais
- Concertos instrumentais
- Música para instrumentos de teclado (clavicórdio, cravo)
- Obras para órgão
- Música de câmara

Algumas de suas obras mais famosas

- Oratório de Natal
- Paixão segundo São Mateus
- Paixão segundo São João
- Missa em si menor
- 6 Concertos de Brandemburgo
- 4 suítes orquestrais
- Ária, da suíte orquestral nº 3
- Pequeno livro de Anna Magdalena Bach (segunda esposa de Bach)
- Klavierbüchlein [Pequeno livro de instrumentos de teclado] para Wilhelm Friedemann Bach
- Invenções a duas e três vozes (cravo)
- O cravo bem temperado
- Variações Goldberg (cravo)
- Tocata e fuga em ré menor (órgão)
- 6 suítes para violoncelo solo
- A arte da fuga
- Oferenda musical

Igreja de São Tomás e escola, em Leipzig, onde J. S. Bach trabalhou durante 27 anos.

Barroco (por volta de 1600-1750)

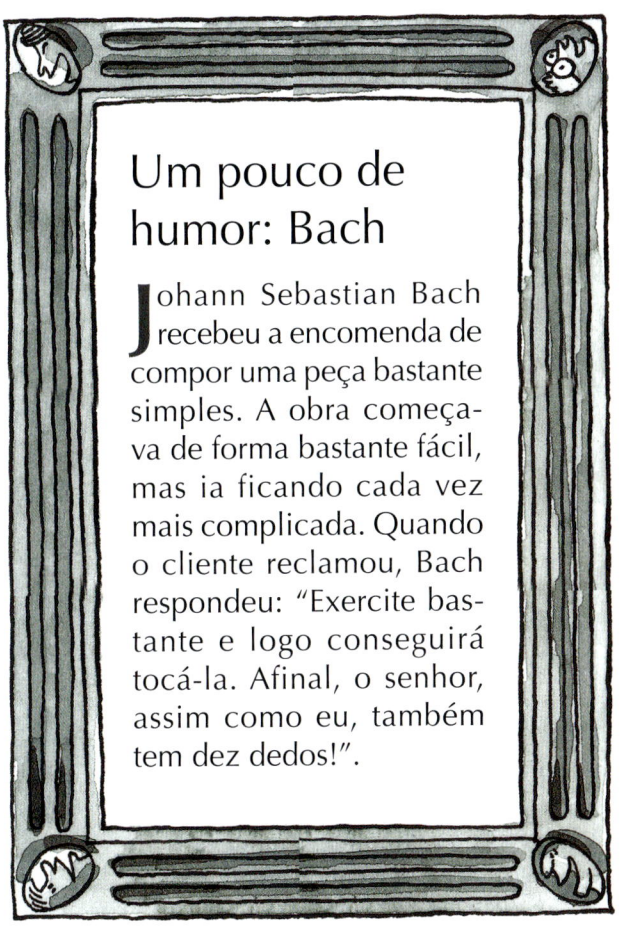

Um pouco de humor: Bach

Johann Sebastian Bach recebeu a encomenda de compor uma peça bastante simples. A obra começava de forma bastante fácil, mas ia ficando cada vez mais complicada. Quando o cliente reclamou, Bach respondeu: "Exercite bastante e logo conseguirá tocá-la. Afinal, o senhor, assim como eu, também tem dez dedos!".

Ludwig van Beethoven disse certa vez, reconhecendo o valor de J. S. Bach: "Ele não deveria se chamar *Bach* (em alemão = riacho), mas sim *Meer* (em alemão = mar) – por causa de sua riqueza infinita e inesgotável de combinações de sons e harmonias."

J. S. Bach, aos 20 anos, era admirador do célebre organista Dietrich Buxtehude. Para vê-lo e ouvi-lo, certa vez, tirou um mês de férias de seu trabalho como organista em Arnstadt, na região da Turíngia, e pôs-se a caminho de Lübeck, 350 quilômetros a pé. Buxtehude, que já estava velho e doente, ofereceu-lhe seu posto na igreja de Maria, porém, com uma condição: Bach teria que se casar com sua filha de 30 anos! Bach agradeceu, mas recusou, assim como já havia feito Georg Friedrich Haendel dois anos antes...

Música matinal na casa da família Bach – uma cena imaginada do século XIX. J. S. Bach está sentado a um instrumento de teclado, enquanto os familiares cantam e tocam com ele.

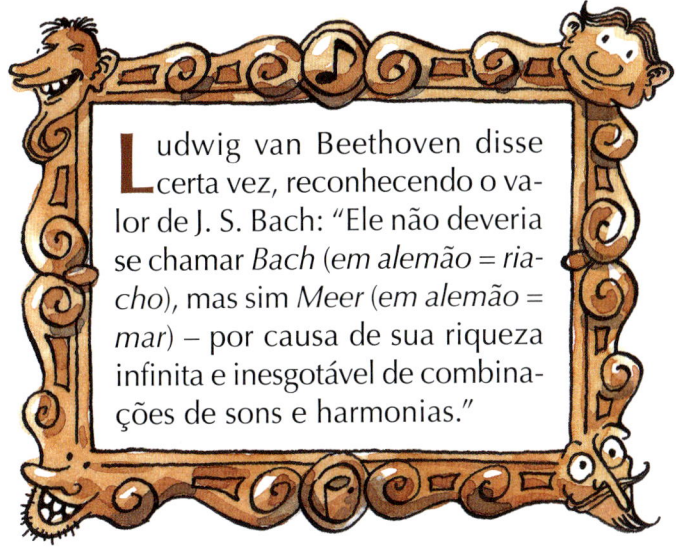

Barroco (por volta de 1600-1750)

Quando Haendel – que no final da vida ficou completamente cego – morreu, em 1759, foi sepultado na respeitável Abadia de Westminster. Assim como Bach, Haendel é um dos compositores mais importantes do período barroco. Ambos nasceram no mesmo ano.

O que Haendel compôs

- 42 óperas
- 22 oratórios
- Obras vocais
- Obras orquestrais
- Concertos
- Música de câmara
- Música para instrumentos de teclado (cravo)

Algumas de suas obras mais famosas

- Xerxes (ópera), especialmente a ária Largo
- O Messias (oratório), especialmente o coro Aleluia
- Música aquática (orquestra)
- Música para os fogos de artifício reais (orquestra)
- O ferreiro harmonioso (cravo)

Georg Friedrich Haendel nasceu em 23 de fevereiro de 1685 em Halle an der Saale. Contra a vontade do pai, o duque da Saxônia-Weissenfels financiou a formação musical do menino, cujo talento ao órgão o agradara. Aos 18 anos, Haendel tornou-se violinista e cravista na orquestra da Ópera de Hamburgo. Depois de uma viagem de estudos à Itália (1706-1710), assumiu o posto de mestre de capela da corte de Hannover. Em 1712, Haendel estabeleceu-se em Londres, onde ficou até o final de sua vida.

Como diretor da *Royal Academy of Music*, ele foi incumbido de encenar óperas italianas no teatro real. Durante décadas, Haendel dedicou-se com sucesso ao gênero. Contudo, depois de ir à falência várias vezes, como empresário de ópera, e quando a ópera italiana já não fazia mais sucesso junto ao público inglês, Haendel passou a se dedicar definitivamente ao oratório religioso, a partir de 1741, ganhando fama novamente. A obra *O Messias*, de 1741 – composta em apenas 24 dias –, tornou-se um dos mais conhecidos oratórios da história da música.

Fogos de artifício sobre o rio Tâmisa (em Londres) em 15 de maio de 1749, na presença do rei inglês George I. Por ocasião dessa solenidade pela paz, Haendel escreveu a famosa *Música para os fogos de artifício reais*. O rei ficou tão feliz com a magnífica *Música aquática* – composta para sua subida ao trono e também apresentada sobre o Tâmisa – que dobrou o salário anual de Haendel.

Barroco (por volta de 1600-1750)

Um pouco de humor: Haendel

Georg Friedrich Haendel visitava uma senhora quando, no meio da conversa, o cachorrinho dela começou a latir. Sem cerimônia, Haendel colocou o cão para fora da sala. "Mas, mestre, por que fez isso?", perguntou a senhora, revoltada. Ao que Haendel respondeu: "Ele late fora do tom!".

Esta caricatura de um amigo íntimo de Haendel, intitulada *O javali harmônico* (1754), ironiza a gula do compositor e suas ideias musicais extravagantes.

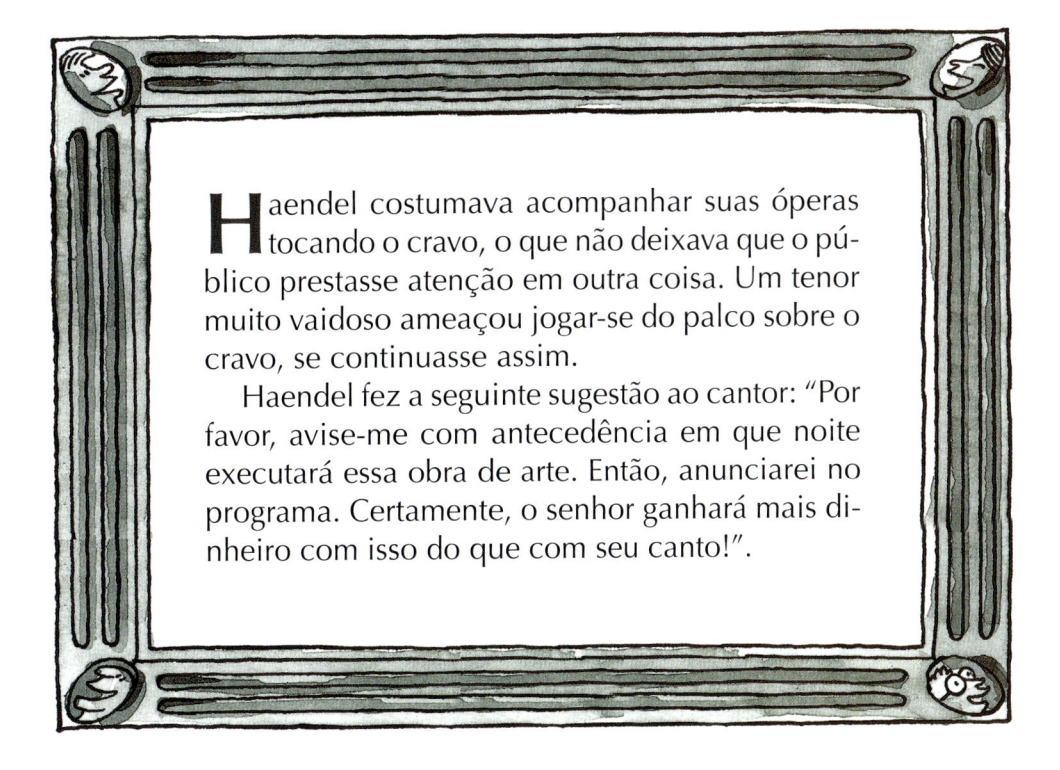

Haendel costumava acompanhar suas óperas tocando o cravo, o que não deixava que o público prestasse atenção em outra coisa. Um tenor muito vaidoso ameaçou jogar-se do palco sobre o cravo, se continuasse assim.

Haendel fez a seguinte sugestão ao cantor: "Por favor, avise-me com antecedência em que noite executará essa obra de arte. Então, anunciarei no programa. Certamente, o senhor ganhará mais dinheiro com isso do que com seu canto!".

Barroco (por volta de 1600-1750)

Jogo da música: Barroco

1. O que foi característico do período barroco?
   a) roupas simples
   b) tudo natural
   c) tudo artificial

2. O baixo contínuo é a denominação
   a) para uma parte destacada da voz do baixo
   b) para uma parte contínua da voz do baixo
   c) para uma parte interrompida da voz do baixo

3. Num concerto grosso tocam alternadamente
   a) um pequeno grupo de instrumentos e a orquestra
   b) um solista e a orquestra
   c) dois grupos de instrumentos com a mesma formação

4. Em que país surgiu a ópera?
   a) na Itália
   b) na França
   c) na Inglaterra

5. Qual compositor escreveu a primeira ópera de verdade?
   a) Jean-Baptiste Lully
   b) Henry Purcell
   c) Claudio Monteverdi

Barroco (por volta de 1600-1750)

6. Qual forma musical se constitui de várias danças?
   a) o oratório
   b) a cantata
   c) a suíte

7. Qual era a dança de baile mais importante na corte de Luís XIV?
   a) minueto
   b) bourrée
   c) sarabanda

8. Quem compôs *As quatro estações*, um dos mais lindos concertos do período barroco?
   a) Jean-Philippe Rameau
   b) Arcangelo Corelli
   c) Antonio Vivaldi

9. Que compositor foi durante quase trinta anos Kantor na famosa igreja de São Tomás, em Leipzig?
   a) Johann Sebastian Bach
   b) Georg Friedrich Haendel
   c) Dietrich Buxtehude

10. Que obra famosa foi escrita por Haendel por ocasião de uma solenidade pela paz?
    a) Música aquática
    b) Música para os fogos de artifício reais
    c) O Messias

Respostas: 1c, 2b, 3a, 4a, 5c, 6c, 7a, 8c, 9a, 10b

Pré-classicismo (por volta de 1720-1760) – Classicismo (por volta de 1750-1820)

Quinta viagem no tempo

As crianças não conseguem pensar em outra coisa senão numa viagem com a máquina do tempo. Clara está dividida: na verdade, ela gostaria de visitar um outro século, mas e se não houver meios de voltar? Ela fica bastante assustada com essa ideia. Frederico está convencido de que nada pode dar errado. Ele já está fazendo uma lista dos músicos que gostaria de conhecer. Clara se deixa contagiar pelo entusiasmo de Frederico e também começa a anotar alguns nomes. Depois de um tempo, eles comparam suas listas.

– Beethoven está nas duas listas – diz Clara, olhando para seu papel. – Mas, pensando bem, eu não gostaria de encontrá-lo. Ele parece tão tenebroso nos quadros!

– Que tal Chopin? – pergunta Frederico.

– Seria legal! – Clara reflete. – E Mozart? A gente não poderia visitar Mozart? Li que ele era divertido e estava sempre aprontando alguma!

Frederico concorda:

– Mozart foi um grande compositor e também acho a época em que ele viveu fascinante. Vamos perguntar para o vovô.

A caminho do escritório, eles veem quando a avó tira a máquina de costura do armário.

– Tenho a sensação de que logo vou precisar dela – diz, e pisca para as crianças.

O avô, da escrivaninha, olha para os dois, que batem à porta encostada do escritório.

– Entrem – diz ele –, eu já estava esperando por vocês.

As crianças lhe contam sobre a escolha que fizeram.

– Seria possível? – pergunta Frederico. – A gente pode visitar Mozart? Ah, por favor!

Pré-classicismo (por volta de 1720-1760) – **Classicismo** (por volta de 1750-1820)

O avô olha para a avó, que acaba de entrar no escritório.

– OK, tudo bem – diz ele, quando ela concorda. – Além disso, tenho que confessar que ainda não conheci o senhor Mozart pessoalmente, pois depois que seu pai nasceu, Frederico, a máquina do tempo não era mais tão importante para nós. Com o passar dos anos, quase nos esquecemos dela por completo! Espero que ainda funcione. Depois vou dar uma olhada nela.

A avó começa a pensar na roupa que precisa costurar para todos.

– Em algum lugar da biblioteca há um livro sobre moda e vestuário nos diversos séculos. Ajudem-me a procurar!

As crianças não esperam a avó pedir de novo. Depois de encontrarem o tal livro, a avó abre um grande baú onde estão guardadas roupas e perucas.

– Esta aqui comprei num teatro – diz ela. – Adoro estas coisas! Vejam, duas perucas brancas com tranças para homens. E estas aqui seriam para nós, mulheres, não é, Clara?

Eles vasculham o baú mais um pouco, tiram uma peça ou outra de dentro dele e, finalmente, espalham todas pelo quarto. A avó parece ficar satisfeita com os achados.

– Consigo terminar tudo logo, tudo o que ainda tem que ser costurado e reformado. Você já sabe costurar, Clara? Se não, vai aprender agora! E você, Frederico...?

Frederico vai embora rapidamente. "Aprender a costurar não tem nada a ver", pensa, e vai procurar o avô, que – como era de se esperar – estava verificando a máquina do tempo.

– Segure a garrafinha de óleo – pede ele ao neto. – Temos que fazer uma bela manutenção na supermáquina! – Frederico, na verdade, não tem muita paciência, mas é claro que a segurança tem prioridade.

Pré-classicismo (por volta de 1720-1760) – **Classicismo** (por volta de 1750-1820)

Após algumas horas, todos os quatro terminam suas tarefas e encomendam uma *pizza* enorme com bastante queijo. Quando a última migalhinha some, o avô se reclina:

– *Esta* foi uma grande invenção dos italianos! – diz. – Mas na Itália não apenas se desenvolveu uma arte culinária fantástica, mas também, como já contei para vocês, a ópera. Aliás, Mozart compôs várias delas, algumas com texto em italiano. Minha ópera favorita de Mozart, contudo, é em alemão...

– Com certeza é a *A flauta mágica*! – interrompe Frederico. – Clara e eu a assistimos no último inverno, com nossos pais.

Clara sorri:

– Minha cena favorita é aquela em que Papageno, o caçador de pássaros, encontra sua Papagena! Como será que foi a primeira apresentação de Mozart? Puxa, será que podemos viajar exatamente para aquele momento? – O pedido de Clara é aceito na hora por todos com entusiasmo. Depois de experimentarem as roupas e de o avô garantir, de novo, que a máquina do tempo estava impecavelmente em ordem, todos foram dormir cedo.

Por causa da grande ansiedade, na manhã seguinte, ninguém precisou ser acordado. A avó já havia preparado o café da manhã e aconselhou a todos que se alimentassem muito bem. Frederico ainda pegou, rapidamente, algumas barras de cereais.

– Talvez o Mozart goste! – disse, com uma risadinha. Pouco tempo depois, todos trocaram de roupa e estavam – como saídos de um filme de época – ansiosos, ao lado da máquina do tempo.

Pré-classicismo (por volta de 1720-1760) – **Classicismo** (por volta de 1750-1820)

– Estão prontos? – pergunta o avô. As crianças balançam a cabeça e sentem que o coração está quase saindo pela boca. Todos se dão as mãos, antes que o avô regule o lugar e a época e aperte o botão de partida. Tudo funciona perfeitamente, do jeito como o avô contara.

– Foi como um carrossel! – festejam as crianças, depois de chegarem, um tanto cambaleantes, a um lugar desconhecido.

Curiosas, olham ao seu redor. O avô, que está olhando para uma placa de rua, lê em voz alta:
– *Praça de Santo Estevão*! Estamos no centro de Viena, graças a Deus!

Como ainda é muito cedo, não há quase ninguém nas ruas. Um rapaz com um grande maço de papéis sob o braço caminha a passos rápidos na direção deles, amaldiçoando em voz baixa. De repente, ele tropeça numa pedra, mas ainda consegue se manter em pé. Porém, os papéis voam para todos os lados e caem na sarjeta.

Pré-classicismo (por volta de 1720-1760) – **Classicismo** (por volta de 1750-1820)

– Raios, céus, arre! – exclama, e começa a recolher as folhas. As crianças o ajudam rapidamente.

– Olhe, são partituras! – Frederico sussurra para Clara.

– Copiei as partituras a noite inteira. Se as folhas se estragarem agora, meu mestre vai brigar comigo. Ele está trabalhando sob pressão, amanhã será a estreia! – explica o moço.

– Mas certamente não aconteceu nada! As ruas estão bem secas – diz a avó, acalmando-o.

Depois de verificar todas elas, pela primeira vez o homem olha para cima, aliviado, e dirige-se ao avô:

– Perdoe-me por ainda não ter me apresentado: Franz Xaver Süssmayr. Sou aluno e auxiliar do compositor Wolfgang Amadeus Mozart!

Os avós dirigem um olhar significativo para as crianças, e o avô aproveita a oportunidade:

– Ah, prezado senhor, nós gostaríamos de conhecer o famoso mestre!

– Quem? O famoso mestre? Ah, o senhor quer dizer Mozart – responde Süssmayr. – Acompanhem-me até o apartamento dele. Vou pensar em alguma coisa!

Logo eles já estão diante de uma casa: travessa Rauhenstein, número 970.

– Aqui mora Mozart, no primeiro andar! – diz ele. – Alugue um coche e espere aqui na porta, e então o verá. – Apressado, ele some pela porta de entrada.

Pré-classicismo (por volta de 1720-1760) – **Classicismo** (por volta de 1750-1820)

O avô tira rapidamente uma bolsinha de couro do bolso da calça, onde há diversas moedas antigas.

– Todas da minha coleção de moedas – explica. – É bem prático colecionar coisas. Agora dá para pagar o coche com elas. Esperem aqui, eu tinha visto vários parados na praça.

Não demora muito e um coche com cavalos chega, dando seus solavancos sobre os paralelepípedos. Ele para exatamente diante da avó e das crianças. Justamente quando o avô estica a cabeça para fora da janela do coche, a pesada porta de entrada da casa se abre. As crianças seguram a respiração. Sai Mozart, em carne e osso!

W. A. Mozart
Compositor, encomendas de todo tipo: sinfonias, concertos, óperas e réquiens!
Seg.-sex. 11-12h 17-19h

Pré-classicismo (por volta de 1720-1760) – **Classicismo** (por volta de 1750-1820)

– Por Deus! – exclama. – Que sorte tenho hoje! Vosso coche exatamente aos meus pés! Wolfgang Amadeus Mozart. Muito prazer! – diz, voltando-se para os desconhecidos.

O avô, o único que havia mantido a calma, apresenta a si mesmo e sua família. Clara passa, naquele instante, por irmã de Frederico. O avô fala que tinham vindo do Reino da Bavária para ver o genial Mozart.

– Diga ao cocheiro para onde quer ir – diz-lhe o avô. – Ficaríamos muito felizes em poder acompanhá-lo!

Logo todos se espremem no coche.

– Trabalhei a noite toda, pois amanhã é a estreia de minha *A flauta mágica* – Mozart começa a contar. – A cabeça ainda está bem confusa, mas vou continuar a trabalhar, porque compor me cansa menos do que descansar. Nesse verão, tive tantas coisas importantes para fazer! Por exemplo, tive que apresentar minha *Missa da coroação* para o imperador Leopoldo II e terminar uma ópera solene inteira: *La clemenza di Tito*. E isso tudo tendo viajado para Praga!

Clara e Frederico olham atônitos para ele e não conseguem acreditar que estão realmente com Mozart numa carruagem. Frederico reúne toda a sua coragem e conta a ele que toca piano.

– Pratique bastante! – diz Mozart. – Oh, Deus! Hoje de manhã não comi nada. Meu estômago está roncando como uma alcateia de lobos famintos! – exclama, pouco depois. – Süssmayr, tem alguma coisa para comer?

Quando ele diz que não, Frederico tira duas barras de cereal e as entrega ao faminto Mozart.

– O que é isto? – pergunta Mozart, girando os pacotinhos prateados nas mãos.

Pré-classicismo (por volta de 1720-1760) – **Classicismo** (por volta de 1750-1820)

Frederico abre uma delas e explica que são lanchinhos saborosos. Com certo receio, Mozart morde a barrinha.

– Em terras bávaras não se moem mais os grãos? Agora só se mistura o cereal com uma massa grudenta? – diz ele, fazendo uma careta. – Mas satisfaz! Oh, aqui estamos – com agilidade, ele salta do coche, pega Clara e estende de forma galante a mão para a avó. – Este é o teatro *Freihaustheater auf der Wieden*, um teatro de periferia que pertence ao senhor Schikaneder. Ele estava escrevendo a história para meu *Singspiel* A flauta mágica*. Tomara que tenha terminado.

Um grande cartaz, no qual está anunciada a estreia para o dia seguinte, enfeita a entrada do teatro.

O nome Schikaneder salta à vista, com grandes letras. O nome de Mozart tem que ser procurado na lista, abaixo, entre todos os outros colaboradores. Mas Mozart não tem tempo de prestar atenção nisso. Ele corre para o palco, onde já se encontram os primeiros cantores e músicos. Os avós e as crianças têm permissão para se acomodarem na plateia e assistem a um ensaio com tudo o que acontece normalmente: cenas que transcorrem impecavelmente e cenas com todo tipo de problemas. Após algumas horas, o ensaio termina. Mozart e Süssmayr são convidados pelo avô para jantar numa taberna. Durante a divertida refeição, Clara e Frederico se esforçam para não bombardear Mozart com perguntas.

* Peça musicada, em alemão. (N. T.)

Pré-classicismo (por volta de 1720-1760) – **Classicismo** (por volta de 1750-1820)

No dia seguinte, eles puderam assistir à estreia. Os espectadores – em sua maioria gente simples do povo – conversam, abrem suas cestas com comida e saboreiam um bom vinho durante a apresentação. Mozart, tocando um instrumento semelhante a um piano de cauda, rege os músicos da orquestra e os cantores. E ainda prega uma peça em Schikaneder, que faz o papel do caçador de pássaros Papageno: no palco, Papageno não toca de verdade o seu *Glockenspiel**, apenas finge. É Mozart quem o faz, e tenta confundir Papageno tocando os sininhos completamente fora de hora. Mas Schikaneder é um ator sabido. Ele bate com a mão no *Glockenspiel* e lhe ordena: "Cale a boca!". O público cai na gargalhada.

* Carrilhão, sinos. (N. T.)

Pré-classicismo (por volta de 1720-1760) – **Classicismo** (por volta de 1750-1820)

Depois que soa o acorde final e todos os atores agradecem ao público pelo aplauso caloroso, Mozart também parece feliz.

– Adeus! – diz Mozart a Clara e Frederico, antes de desaparecer na multidão. Os avós puxam as crianças (estateladas ali como se tivessem criado raízes, olhando na direção de Mozart) para fora do teatro.

– Vamos voltar para casa – diz a avó. – Estou ficando cansada.

– Ah, já? – pergunta Frederico, reprimindo um bocejo.

O avô tira a caixinha da viagem de volta do bolso e pede que todos se deem as mãos, antes de apertar o botão de retorno. Antes que percebam, já estão novamente diante da máquina do tempo no sótão.

Clara esfrega os olhos:

– Será que sonhei ou a gente realmente esteve com Mozart?

Frederico lhe dá um empurrãozinho de lado.

– Pelo seu jeito, não pode ter sido sonho! – diz ele, pegando uma pena colorida na roupa de Clara.

Ela sorri:

– É da Papagena! Eu desejei boa sorte para ela, e ela me abraçou e deixou essa pena comigo.

Pré-classicismo (por volta de 1720-1760) – **Classicismo** (por volta de 1750-1820)

Vale a pena saber sobre a música do Classicismo

Na história da música, o Classicismo é o período entre 1750 e 1820 mais ou menos.

O que é pré-classicismo?

O *pré-classicismo* é a fase de transição entre o barroco e o classicismo (por volta de 1720-1760). A música não era mais executada apenas na corte ou na igreja, mas também composta para um grande público e apresentada em concertos abertos. Como deveria ser entendida e subvencionada não apenas por conhecedores, mas também por amadores, houve um afastamento das complicadas técnicas de composição do final do período barroco. Deu-se preferência à música mais simples, mais agradável, com expressão sentimental. Surgiram o estilo *galante* e o *expressivo*. A música pré-clássica apresenta formas menos extensas e é caracterizada por uma melodia expressiva e acompanhamento harmônico simples.

Praça de São Miguel, em Viena, por volta de 1800

O que significam os conceitos "clássico" e "música clássica"?

O conceito "clássico" significa algo completo, exemplar ou ideal na arte, na literatura e na música.

Hoje, de forma geral, entende-se como "música clássica" a música erudita europeia – diferente do jazz, do rock e do pop.

Por que se fala em classicismo vienense?

Os compositores mais conhecidos do Classicismo são *Joseph Haydn, Wolfgang Amadeus Mozart* e *Ludwig van Beethoven*. Como esses três mestres viveram em Viena, denomina-se essa época também de *classicismo vienense*.

Pré-classicismo (por volta de 1720-1760) – Classicismo (por volta de 1750-1820)

Formas musicais importantes do classicismo

Sonata: no classicismo, a sonata (do italiano *sonare* = soar) desempenha um papel muito importante. Ela se compõe de três ou quatro movimentos (movimento = uma parte, completa em si mesma, de uma composição).

Geralmente, o primeiro movimento é marcado pela chamada *forma sonata*, que tem três grandes partes: primeiramente, na *exposição*, são apresentados duas sequências melódicas (temas) opostas; então eles são trabalhados (*desenvolvimento*) e finalmente repetidos (*reprise*). No caso de uma sonata de quatro movimentos, o terceiro movimento é uma dança, em geral um minueto.

Existem diversas sonatas; por exemplo, para piano, violino ou outros instrumentos melódicos. Uma sonata pequena e de fácil execução é chamada de *sonatina*.

Sinfonia: a sinfonia (do grego *symphonia* = som conjunto) evoluiu, em meados do século XVIII, para uma obra orquestral com três a quatro movimentos em andamentos diferentes (andamento = velocidade com que uma peça musical é executada). Joseph Haydn (1732-1809) é considerado o criador da sinfonia clássica.

Quarteto de cordas: em um quarteto tocam quatro músicos, sendo que cada um executa uma voz própria. Quando, por exemplo, tocam dois violinos, uma viola e um violoncelo, o quarteto é chamado de quarteto de cordas. A forma clássica do quarteto de cordas foi influenciada essencialmente por Haydn.

Concerto solo: desde o final do século XVIII, o concerto é uma obra de vários movimentos para instrumentos solo e orquestra. Há, por exemplo, concertos para piano, para violino, para flauta ou para oboé. No concerto, o instrumento solo é apresentado com todas as suas possibilidades sonoras e técnicas e alterna-se com a orquestra. O solista pode apresentar sua habilidade na chamada *cadenza solo*, principalmente no final do primeiro movimento.

A orquestra clássica

A orquestra clássica, por volta de 1790, no tempo de Haydn e de Mozart, inclui os seguintes instrumentos:

- 2 flautas
- 2 oboés
- 2 clarinetes (introduzidos no classicismo)
- 2 fagotes
- 2 trompas
- 2 trompetes
- 2 tímpanos
- 1º e 2º violinos, viola, violoncelo, contrabaixo (nas mais variadas quantidades)

Para as sinfonias de Beethoven, a orquestra ampliou-se com *flauta piccolo* (ou *flautim*), *contrafagote, trombones, triângulo, pratos* e *bumbos*. Além da orquestra sinfônica, havia a orquestra de câmara, com uma formação menos numerosa.

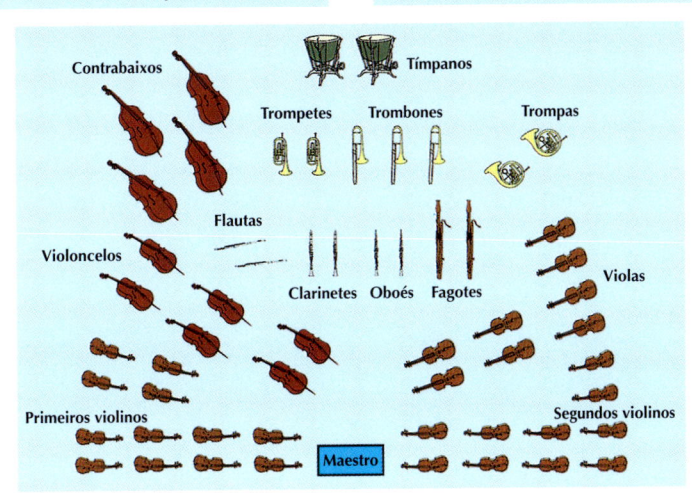

Orquestra sinfônica clássica

Pré-classicismo (por volta de 1720-1760) – **Classicismo** (por volta de 1750-1820)

Compositores famosos do pré-classicismo e classicismo

- Giovanni Battista Sammartini (1700/01-1775)
- Wilhelm Friedemann Bach (1710-1784)
- Christoph Willibald Gluck (1714-1787)
- Carl Philipp Emanuel Bach (1714-1788)
- Johann Stamitz (1717-1757)
- Johann Christoph Friedrich Bach (1732-1795)
- **Joseph Haydn (1732-1809)**
- Johann Christian Bach (1735-1782)
- Luigi Boccherini (1743-1805)
- Antonio Salieri (1750-1825)
- Muzio Clementi (1752-1832)
- **Wolfgang Amadeus Mozart (1756-1791)**
- Luigi Cherubini (1760-1842)
- **Ludwig van Beethoven (1770-1827)**
- Johann Nepomuk Hummel (1778-1837)
- Anton Diabelli (1781-1858)
- Louis Spohr (1784-1859)

Christoph Willibald Gluck (1714-1787), compositor alemão, é considerado o inovador das óperas italiana e francesa. Ele reivindicou uma expressão simples, natural, reagindo contra as vaidades dos cantores e suas "acrobacias de garganta". Eles deveriam estar a serviço da música, e não mais utilizá-la para se colocar no centro das atenções. A música servia aos versos. Sua ópera mais conhecida e apreciada até hoje chama-se *Orfeu e Eurídice*. Das mais de 200 obras de Gluck, conservaram-se apenas 49.

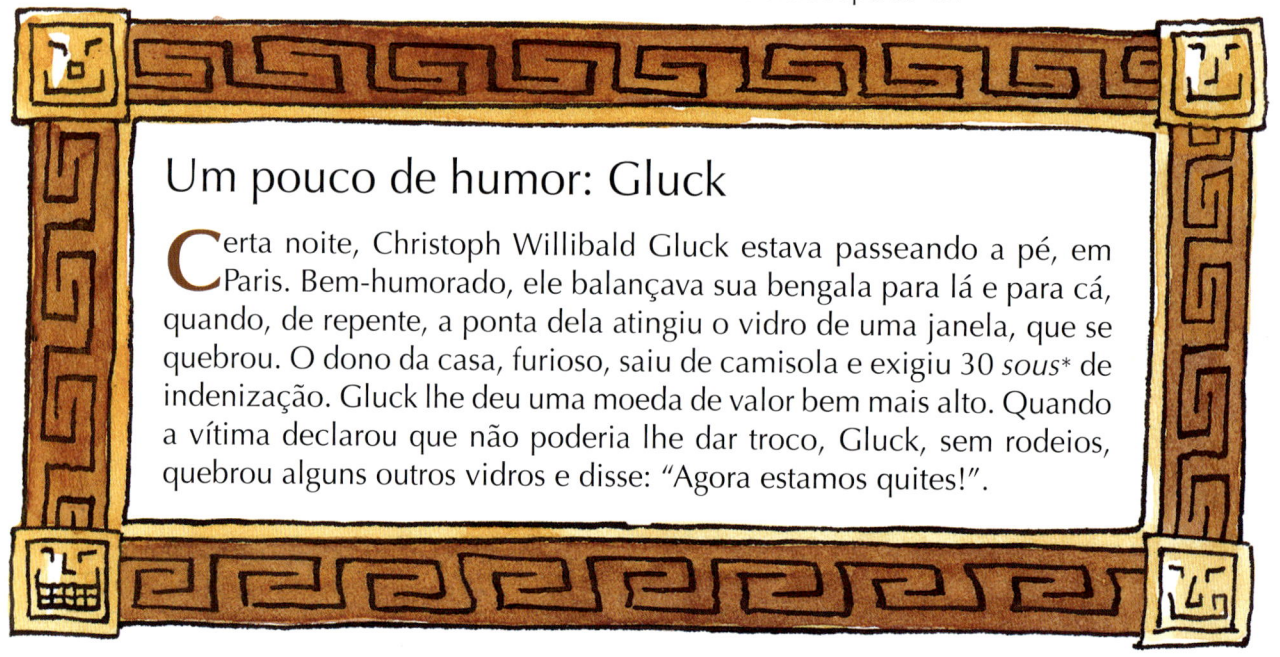

Um pouco de humor: Gluck

Certa noite, Christoph Willibald Gluck estava passeando a pé, em Paris. Bem-humorado, ele balançava sua bengala para lá e para cá, quando, de repente, a ponta dela atingiu o vidro de uma janela, que se quebrou. O dono da casa, furioso, saiu de camisola e exigiu 30 *sous** de indenização. Gluck lhe deu uma moeda de valor bem mais alto. Quando a vítima declarou que não poderia lhe dar troco, Gluck, sem rodeios, quebrou alguns outros vidros e disse: "Agora estamos quites!".

* Antiga moeda francesa no valor de 5 centavos. (N. T.)

Pré-classicismo (por volta de 1720-1760) – Classicismo (por volta de 1750-1820)

Carl Philipp Emanuel Bach (1714-1788) foi o segundo filho de Johann Sebastian Bach. Em 1740, tornou-se cravista na corte do rei Frederico II, em Berlim, a serviço de quem ficou quase 30 anos. Em 1767, assumiu – como diretor musical e Kantor das cinco principais igrejas de Hamburgo – o posto de sucessor de Telemann, que, aliás, era seu padrinho de batismo. Em razão dos locais onde atuou, chama-se esse filho de Bach de "o Bach berlinense" ou hamburguês".

Como principal representante do estilo expressivo (vide p. 100), foi na sua época mais conhecido do que seu pai. Sua extensa obra consiste em 19 sinfonias, aproximadamente 200 sonatas para piano, 50 concertos para piano e obras de música de câmara e sacra, entre outras coisas. Famosa é também sua obra didática *Ensaio sobre a verdadeira arte de tocar instrumentos de teclado*.

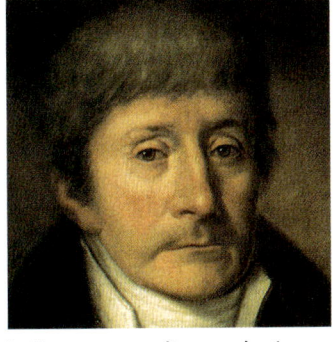

Antonio Salieri (1750-1825), compositor e maestro italiano, gozou de grande prestígio como professor em Viena. Beethoven, Schubert e Liszt foram seus alunos. Em 1788, Salieri tornou-se regente da corte imperial em Viena; posteriormente trabalhou como diretor de ópera de cantores da corte e como compositor de óperas. Em 1823, foi acometido por demência, vindo a falecer dois anos mais tarde.

O relacionamento de Salieri e Mozart é muito controvertido. Como seu contemporâneo era um compositor melhor, Salieri foi injustamente acusado de ter envenenado Mozart por ciúmes. Salieri escreveu 39 óperas, oratórios, cantatas, missas e obras instrumentais, entre outras coisas.

Johann Stamitz (1717-1757), compositor e violinista alemão de origem tcheca, esteve, a partir de 1741, a serviço do príncipe-eleitor* do Palatinado, Karl Theodor, em Mannheim. A orquestra da corte de Mannheim, da qual Stamitz foi mestre de concertos a partir de 1745, tornou-se a mais notável da Europa.

Stamitz é considerado o fundador da *Escola de Mannheim*, cujo estilo é caracterizado por melodia vigorosa, modulações ricas e, muitas vezes, efeitos surpreendentes, principalmente na dinâmica (= alterações de volume). A Escola de Mannheim desenvolveu o *crescendo* e o *foguete de Mannheim*, um efeito especial do aumento de volume, e introduziu o clarinete como novo instrumento na orquestra.

* Um dos nobres que escolhiam o soberano do Sacro Império Romano-Germânico. (N. E.)

Muzio Clementi (1752-1832), compositor italiano, é bem conhecido entre os estudantes de piano até hoje, pois suas sonatinas fáceis fazem parte do repertório de todo iniciante. Clementi, que, quando menino, foi para a Inglaterra e lá passou a maior parte de sua vida, desfrutou de grande prestígio como pianista, professor de piano, compositor, editor de música e também como construtor de pianos. Entre suas principais obras encontram-se mais de 60 sonatas e sonatinas para piano e a obra didática para piano *Gradus ad Parnassum*. Além disso, ele escreveu seis sinfonias e um concerto para piano.

Pré-classicismo (por volta de 1720-1760) – **Classicismo** (por volta de 1750-1820)

O que Haydn compôs

- 104 sinfonias (entre elas, 12 sinfonias londrinas)
- 6 oratórios
- Missas e outras obras vocais
- 24 óperas
- Concertos
- 83 quartetos de cordas e música de câmara
- 52 sonatas para piano, peças para piano

Algumas de suas obras mais famosas

- Sinfonia do adeus, Sinfonia surpresa
- A criação, As estações (oratórios)
- Paukenmesse
- Quarteto de cordas Imperador

Joseph Haydn nasceu em 31 de março de 1732 em Rohrau (Áustria). Recebeu a primeira aula de música de seu primo. Aos 8 anos, tornou-se menino de coro na catedral de Santo Estêvão, em Viena. Quando chegou à idade da mudança de voz, foi expulso de lá por uma brincadeira. Em 1753, Haydn acompanhava ao piano as aulas de canto do compositor italiano Nicola Porpora, que também lhe deu aulas de composição.

Mais tarde, Haydn conquistou o cargo de diretor musical do conde Morzin, em Lukawitz, na Boêmia (hoje República Tcheca), para quem escreveu sua primeira sinfonia. Infelizmente, o conde desfez a pequena orquestra e, assim, Haydn passou a trabalhar como mestre de capela para o príncipe Esterházy em 1761. Passou os trinta anos seguintes em Eisenstadt, na magnífica propriedade rural do príncipe, perto do lago de Neusiedl. O volume de trabalho de Haydn era enorme: a cada semana, duas apresentações de ópera, dois concertos, música de câmara no palácio e no parque e a música sacra. Em 1790, mudou-se para Viena.

Haydn fez duas turnês em Londres, onde foi homenageado com entusiasmo. Por um curto período de tempo, foi professor até mesmo de Ludwig van Beethoven. Uma amizade marcada por consideração mútua ligou Haydn e Mozart.

Haydn é considerado um dos maiores compositores de sua época. Ele influenciou bastante o estilo clássico vienense com os gêneros quarteto de cordas e sinfonia. Faleceu em 1809, aos 77 anos, em Viena.

Príncipe Nicolau I Esterházy (1714-1790), que foi por quase trinta anos o mecenas de Haydn.

Pré-classicismo (por volta de 1720-1760) – **Classicismo** (por volta de 1750-1820)

Um pouco de humor: Haydn

Um copista de partituras de idade avançada conversava com Haydn, que estava com 70 anos, e reclamava das doenças da velhice. Haydn lhe respondeu: "Entendo-o perfeitamente. Mas, apesar disso, envelhecer é a única possibilidade de ter vida longa!".

∾

Diz-se que Haydn compôs sua *Sinfonia surpresa* para assustar certas pessoas da plateia que cochilam suavemente durante os movimentos lentos e baixos. Assim, ele imaginou a seguinte sutileza na composição: o segundo movimento da sinfonia (andante) começa extremamente baixo – até que de repente e inesperadamente soa um toque de timbale bem alto.

∾

Joseph Haydn viajava da Áustria para a Inglaterra com seu criado e copista. Na estação de fronteira em Passau, seu passaporte foi examinado por um guarda, que não entendeu o que significava a profissão *compositor*. O guarda, então, perguntou ao colega: "Você sabe o que é um compositor?". O outro respondeu: "Bem, deve ser um ceramista!". Haydn achou tudo muito engraçado e disse, apontando para seu acompanhante de viagem: "E aqui está meu aprendiz!"*

Os "frangos empanados fritos" vienenses [= Backhendel] são uma especialidade famosa. *Joseph Haydn* também adorava esse prato. Certa vez, foi convidado para comer o tal frango. Durante a refeição, disse: "Em geral diz-se que Haendel está acima de Haydn. Mas hoje é o contrário: é Haydn que está em cima do frango!**".

---

* Em alemão, a palavra *Ton* tem dois significados: som e argila. Assim, trata-se de um jogo de palavras: **Ton**künstler (compositor) e Töpfer (aquele que trabalha com argila, cerâmica). (N. T.)
** Jogo de palavras: Haendel (nome do compositor) e Hendel (frango). (N.T.)

Pré-classicismo (por volta de 1720-1760) – **Classicismo** (por volta de 1750-1820)

Wolfgang Amadeus Mozart nasceu em 27 de janeiro de 1756, em Salzburgo. Muito cedo, mostrou ser uma criança extremamente talentosa e começou a tocar piano e a compor aos 4 anos. Recebeu as primeiras aulas de música de seu pai, Leopoldo, que era compositor, violinista e um importante professor de violino. O pai viajou com ele e sua irmã Nannerl numa carruagem por toda a Europa e o apresentava como criança-prodígio. Aos 13 anos, Mozart era primeiro-violinista, e mais tarde também organista da corte do príncipe-arcebispo de Salzburgo.

Em 1770, Mozart foi condecorado em Roma, pelo papa, com a *Ordem da Milícia Dourada*, por ter anotado, de memória, uma composição mantida sob extremo sigilo, após tê-la ouvido apenas uma vez. No verão de 1781, Mozart foi despedido do serviço que prestava para o arcebispo de Salzburgo, Colloredo, com um pontapé! Aos 25 anos, deu as costas à sua cidade natal e mudou-se para Viena, onde trabalhou incansavelmente como compositor. Mozart escreveu mais de 600 obras de quase todos os gêneros: da pequena peça para piano até a grande ópera. Foi, seguramente, um dos gênios musicais mais ecléticos de todos os tempos.

Mozart morreu no dia 5 de dezembro de 1791, com apenas 35 anos, debruçado em sua composição do *Réquiem*, concluído posteriormente por seu aluno Süssmayr.

Ludwig Ritter von Köchel organizou um índice sistemático de todas as obras de W. A. Mozart (KV = Köchel-Verzeichnis) [índice Köchel].

O que Mozart compôs

- 21 óperas
- Mais de 50 sinfonias
- 30 serenatas
- 21 concertos para piano (+ 7 arranjos de sonatas para piano de outros compositores)
- 5 concertos para violino
- Concertos para instrumentos de sopro
- Obras orquestrais
- Missas, música sacra
- 18 sonatas para piano, peças para piano
- Sonatas para violino
- Música de câmara, canções

Algumas de suas obras mais famosas

- Óperas: As bodas de Fígaro, Don Giovanni, Così fan tutte
- *Singspiel*: O rapto do serralho, A flauta mágica
- Sinfonias: Sinfonia Praga, Sinfonia nº 39 (mi maior), Sinfonia nº 40 (sol menor), Sinfonia Júpiter
- Serenata: Uma pequena serenata noturna
- Concerto para clarinete: lá maior KV [índice Köchel] 622
- Concertos para piano: lá maior KV 488, ré menor KV 466, dó maior KV 467
- Sonatas para piano: lá maior KV 331 (com a Marcha turca) e dó maior KV 545 (Sonata facile)
- Missa em dó menor
- Réquiem

Wolfgang em roupa de gala, presente da imperatriz Maria Teresa, em 1762, por ocasião da viagem dele a Viena.

Pré-classicismo (por volta de 1720-1760) – **Classicismo** (por volta de 1750-1820)

Um pouco de humor: Mozart

Na estreia do *Singspiel* de Mozart *O rapto do serralho* em 1782, em Viena, o imperador mandou chamar o compositor em seu camarote e lhe disse: "Notas demais, querido Mozart!". Ao que Mozart respondeu: "Tantas quantas são necessárias, Majestade!".

Na casa de Mozart, raramente havia dinheiro sobrando. Quando Mozart, certo dia, voltou para casa com uma grande coroa de louros, sua mulher disse: "De que nos serve o louro se não temos a carpa para temperar?".

Em 13 de outubro de 1762, Mozart, com 6 anos, foi apresentado à imperatriz austríaca Maria Teresa. A visita ao Palácio Schönbrunn em Viena demorou três horas e parece não ter transcorrido conforme o rígido protocolo da corte. O pai escreveu que o pequeno Wolfgang pulou no colo da imperatriz e a beijou!

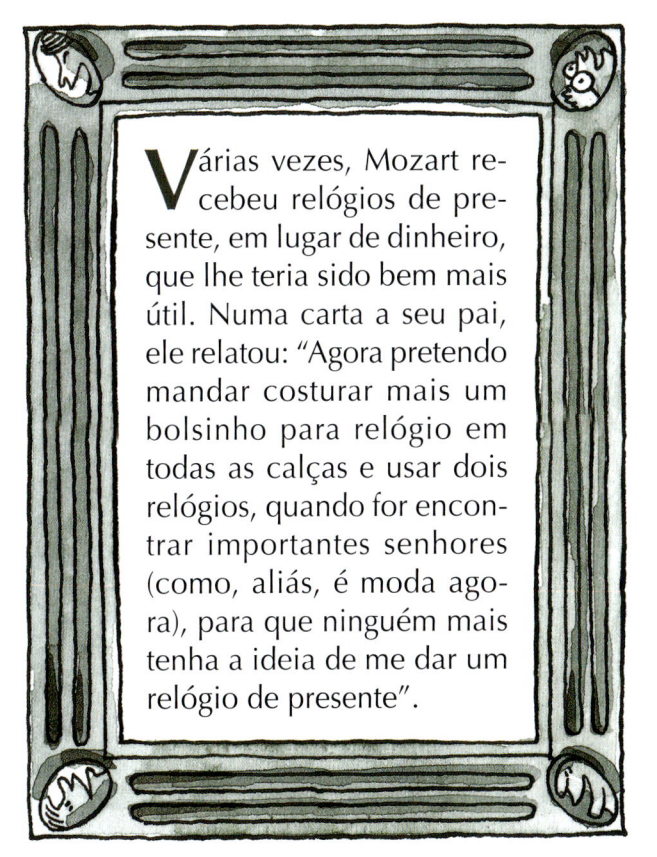

Várias vezes, Mozart recebeu relógios de presente, em lugar de dinheiro, que lhe teria sido bem mais útil. Numa carta a seu pai, ele relatou: "Agora pretendo mandar costurar mais um bolsinho para relógio em todas as calças e usar dois relógios, quando for encontrar importantes senhores (como, aliás, é moda agora), para que ninguém mais tenha a ideia de me dar um relógio de presente".

Pré-classicismo (por volta de 1720-1760) – Classicismo (por volta de 1750-1820)

Aparelhos auditivos de Beethoven

Ludwig van Beethoven nasceu em 17 de dezembro de 1770, em Bonn. Muito cedo, já demonstrava enorme talento musical, tendo recebido do pai as primeiras aulas. Em 1784, tornou-se organista da corte de sua cidade natal. Em 1792, transferiu-se para Viena, onde viveu até sua morte (1827). Ali, teve aulas de composição com Joseph Haydn e Antonio Salieri, entre outros. Rapidamente passou a gozar de grande prestígio como compositor e pianista na alta sociedade, que o apoiou financeiramente de maneira generosa sob uma condição: de que continuasse morando em Viena.

Em 1795 Beethoven já sentia problemas de audição, que acabaram levando-o à surdez absoluta em sua velhice. Isso impossibilitou, por fim, suas aparições públicas como pianista e maestro. Em seu *Testamento de Heiligenstadt*, ele expressou seu desespero por causa da doença. A partir de 1818, a comunicação só era possível por escrito. Apesar de sua surdez, Beethoven ainda compôs muitas obras famosas – graças a seu enorme impulso criativo e à sua capacidade de imaginação. Em seu funeral, que se assemelhou ao de um estadista, Franz Schubert foi um dos archoteiros.

O que Beethoven compôs

- 1 ópera
- 1 balé
- 9 sinfonias
- 5 concertos para piano
- 1 concerto para violino
- 32 sonatas para piano, peças para piano
- Música de câmara (16 quartetos de cordas, entre outros)
- 2 missas
- Obras orquestrais e corais
- *Lieder**

Algumas de suas obras mais famosas

- Fidélio (ópera)
- Sinfonias: nº 3 (Heroica), nº 5, nº 6 (Pastoral), nº 9
- Concertos para piano nºs 3, 4, 5
- Concerto para violino
- Sonata ao luar (piano)
- Sonata patética (piano)
- Für Elise [Para Elisa] (peça para piano)
- Sonata Kreutzer, Sonata da primavera (violino e piano)
- An die ferne Geliebte [À amada distante] (ciclo de *Lieder*)

* Termo alemão para canção, geralmente usado para a canção romântica. [Fonte: *Dicionário Grove de música*, ed. por Stanley Sadie. Rio de Janeiro: Zahar, 1994.] (N. T.)

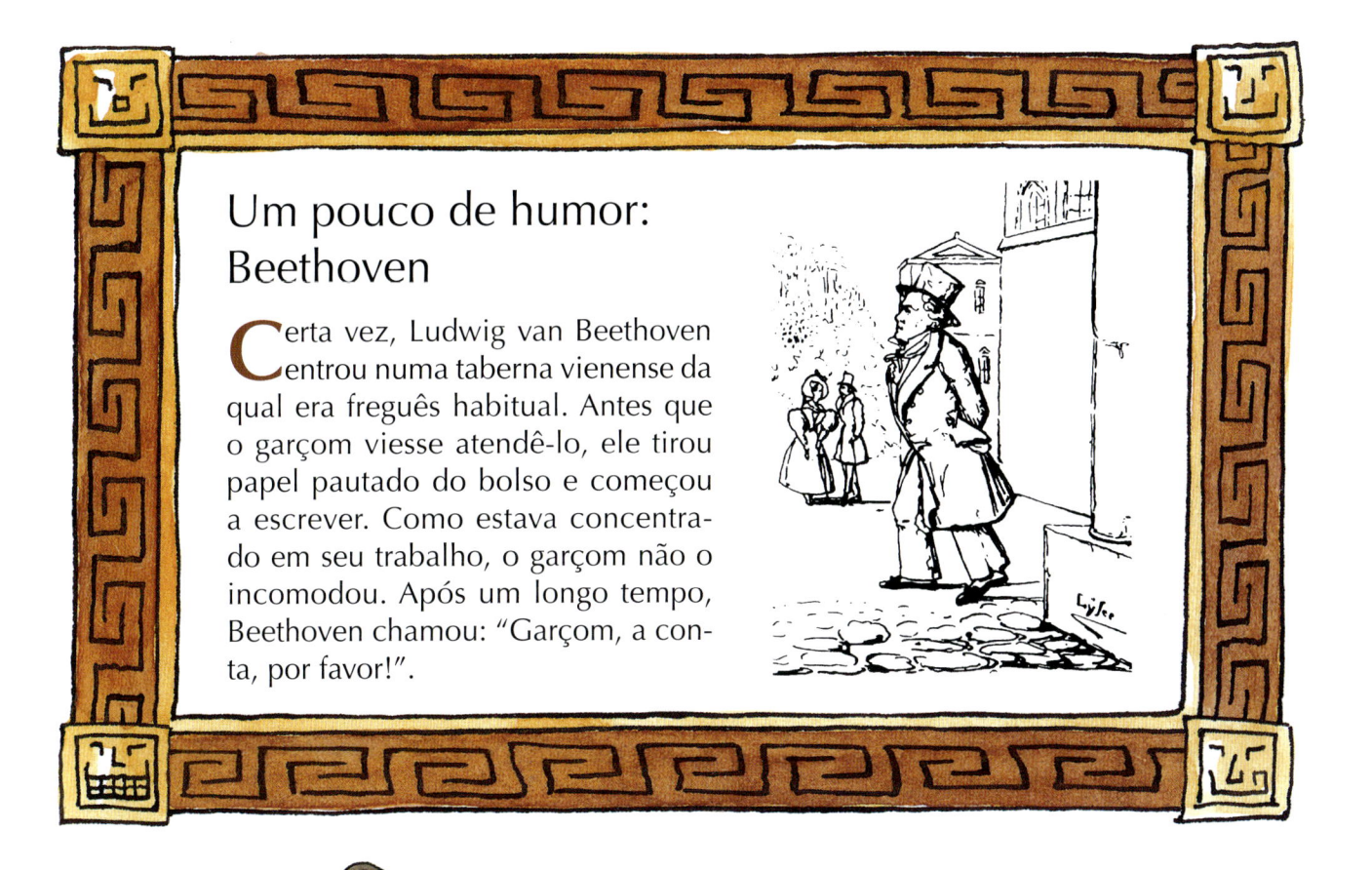

Pré-classicismo (por volta de 1720-1760) – **Classicismo** (por volta de 1750-1820)

Um pouco de humor: Beethoven

Certa vez, Ludwig van Beethoven entrou numa taberna vienense da qual era freguês habitual. Antes que o garçom viesse atendê-lo, ele tirou papel pautado do bolso e começou a escrever. Como estava concentrado em seu trabalho, o garçom não o incomodou. Após um longo tempo, Beethoven chamou: "Garçom, a conta, por favor!".

Toda a população vienense compareceu ao funeral de Ludwig van Beethoven. Os soldados tiveram de entrar em ação para conter a massa de milhares de pessoas e também para prestar a última homenagem ao morto. Um forasteiro viu o cortejo fúnebre e perguntou a um porteiro vienense o que estava acontecendo. "O senhor não sabe?", foi a resposta. "Então o senhor deve ser de muito longe mesmo para não saber que o general dos músicos morreu!"

Certa vez, Beethoven precisava urgentemente de dinheiro e pediu ajuda a seu irmão Johann. Este recusou e o repreendeu por não ter conseguido muita coisa na vida com sua música. Assinou a carta: *"Johann van Beethoven, proprietário rural"*. O compositor lhe respondeu: "Dispenso o seu dinheiro e seus sermões! *Ludwig van Beethoven, proprietário de cérebro"*.

Pré-classicismo (por volta de 1720-1760) – **Classicismo** (por volta de 1750-1820)

Jogo da música: Classicismo

1. Como se denominou a transição do barroco para o classicismo?
   a) pós-barroco
   b) Renascimento
   c) pré-classicismo

2. Quem escreveu o libreto do *Singspiel A flauta mágica*?
   a) Wolfgang Amadeus Mozart
   b) Leopold Mozart
   c) Emanuel Schikaneder

3. Os compositores mais famosos do classicismo são Haydn, Mozart e Beethoven. Por que se denominou essa época também de *classicismo vienense*? Porque esses três compositores
   a) nasceram em Viena
   b) morreram em Viena
   c) viveram em Viena

4. Como se chama a obra orquestral com três a quatro movimentos em andamentos diferentes que se desenvolveu em meados do século XVIII?
   a) sonata
   b) sinfonia
   c) quarteto de cordas

5. Quais os quatro instrumentos tocados num quarteto de cordas?
   a) dois violinos, uma viola, um violoncelo
   b) dois violinos, uma viola, um contrabaixo
   c) um violino, uma viola, um violoncelo, um contrabaixo

110

Pré-classicismo (por volta de 1720-1760) – Classicismo (por volta de 1750-1820)

6. Qual instrumento foi acrescentado à orquestra clássica?
   a) a flauta
   b) o clarinete
   c) o trompete

7. Qual compositor faz parte do pré-classicismo e é o representante principal do *estilo expressivo* ou *galante*?
   a) Johann Sebastian Bach
   b) Carl Philipp Emanuel Bach
   c) Antonio Salieri

8. Qual obra não é de Joseph Haydn?
   a) Sinfonia do adeus
   b) Quarteto Imperador
   c) Sinfonia Júpiter

9. Por que o papa condecorou Mozart, aos 14 anos, em 1770, com a *Ordem da Milícia Dourada*?
   a) por seu talento genial ao piano
   b) por seu talento como compositor
   c) por sua boa memória

10. Que compositor concebeu ainda muitas obras famosas, embora estivesse surdo?
    a) Ludwig van Beethoven
    b) Luigi Boccherini
    c) Muzio Clementi

Respostas: 1c, 2c, 3c, 4b, 5a, 6b, 7b, 8c, 9c, 10a

Romantismo (por volta de 1820-1900)

Sexta viagem no tempo

Nos dias seguintes, as crianças aproveitaram o tempo bom para fazer pequenos passeios de bicicleta e nadar no lago, conversando sobre a fantástica viagem no tempo. Só aos pouquinhos eles começaram a entender que haviam vivido uma aventura fora do comum.

No fim de semana, os pais de Frederico foram visitá-los. As crianças iam logo contar sobre a viagem assim que os cumprimentaram, mas o avô, com o olhar, lhes deu a entender que deveriam controlar um pouco mais sua impaciência. No almoço, o pai de Frederico olha para as crianças e seus pais alternadamente.

– Pois é, pai – diz finalmente –, algum segredo paira no ar! Não me diga que você...? Simplesmente não acredito... Pensei que aquela coisa não existisse mais!

– Do que você está falando? – pergunta a mãe de Frederico, e olha para os outros. – Parece que sou a única que está completamente por fora.

A avó suspira:

– Em todos esses anos você nunca ficou sabendo da máquina do tempo? – pergunta, atônita, à nora. – Ora, Franz! – ela olha para seu filho de forma repressiva. – Você não disse a ela nenhuma palavra sobre sua aventura?

Romantismo (por volta de 1820-1900)

O pai de Frederico tenta se esquivar:

– Bem, no começo não tive coragem, porque pensei que Antônia fosse me achar maluco. Quem acreditaria numa coisa dessas? – admitiu, cabisbaixo. – Mais tarde, quando já estávamos casados e Frederico nasceu, praticamente não pensei mais no assunto, porque a minha família era a prioridade.

Carinhosamente, ele coloca sua mão sobre a da sua mulher, que começa a ficar bastante curiosa. O avô, que tinha acabado de comer a última colherada de sua sobremesa, pigarreia e começa a contar, resumidamente, sobre a máquina do tempo – e disse também que crianças, como cães farejadores, quando sentem cheiro de coisas interessantes e proibidas, com certeza as descobrem bem depressa. Clara e Frederico escorregam mais fundo nas cadeiras, mas o avô está olhando para o filho.

– Acho que Franz tinha uns 10 anos quando, juntos, fizemos a viagem no tempo. Mas penso que ele mesmo deve contar para vocês!

Então a avó manda todos para o jardim, pedindo que se acomodem, pois aquelas histórias demoram um bom tempo, como todos sabem.

– Como o vovô disse, eu tinha 10 anos, completados naquele dia – começa a contar o pai de Frederico, depois que cada um acha um cantinho. – Já fazia muito tempo que eu vinha implorando para viajar com a máquina do tempo! Mas sempre diziam que eu era muito pequeno. Então pedi como presente de aniversário nada mais nada menos do que uma viagem para uma outra época com o meu pai. Como vocês sabem, eu comecei a aprender violino desde bem novinho. Meu maior desejo era ouvir Niccolò Paganini, que viveu no século XIX, tocar violino. Para resumir: no meu aniversário, finalmente recebi permissão para a minha viagem no tempo.

Romantismo (por volta de 1820-1900)

"Vestido com roupas copiadas daquelas que eram usadas na época do romantismo, lá estava eu, o aniversariante, de mãos dadas com meu pai diante da máquina, esperando por aquilo que tinha imaginado tantas vezes. Depois de mergulharmos numa luz clara, reencontramo-nos diante de uma casa. Alguém abriu uma janela naquele instante e ouvimos uma voz masculina: 'Clara, você já treinou o suficiente por hoje! Logo mais virá um aluno de piano, eu tenho que me preparar um pouco'.

"Um instante depois surgiu uma menina, que devia ter a minha idade, à porta da casa. Quando me viu, ficou curiosa e me disse: 'Você também toca piano? Precisa de aulas? Meu pai é professor de piano! Logo vai chegar um aluno e depois vamos a um concerto. Nossa, estou tão ansiosa'.

"Meu pai me cutucou e me disse baixinho: 'Diga alguma coisa. Acho que é Clara Schumann, quero dizer, Clara Wieck!' 'O que é que eu digo? Ela não para de falar', respondi sussurrando. Mas então tomei coragem, virei-me para ela e disse, orgulhoso: 'Meu nome é Franz! Não toco piano, mas em compensação toco violino'. 'Violino!', exclamou ela. 'Se você soubesse aonde vamos hoje à noite... Ao concerto de Niccolò Paganini!', ouvi-a dizer, com voz respeitosa e cheia de orgulho. Quando ouvi o nome, fiquei muito animado. 'Será que podemos ir juntos?', perguntei. A menina disse, com nariz empinado: 'Ganhei minha entrada do próprio Paganini há uma semana! Mas lá vem meu pai. Pergunte para ele onde ainda se podem comprar ingressos'.

"Meu pai se dirigiu ao pai dela e vi como começaram a conversar. Tímido, fiquei ao lado da menina, que não tirava os olhos de mim. Depois de intermináveis minutos, meu pai voltou. Ele sorriu: 'O que você acha de nós dois também irmos hoje à noite ao concerto do Paganini? O senhor Wieck me deu o endereço da sala de concerto e um cartão de recomendação, para podermos comprar os ingressos.'

Romantismo (por volta de 1820-1900)

"No cartão estava escrito: *'Friedrich Wieck, comerciante de partituras e professor de piano'* e, embaixo, manuscrito: *'Com minhas melhores recomendações!'*.

"Despedimo-nos de Clara e nos pusemos a caminho.

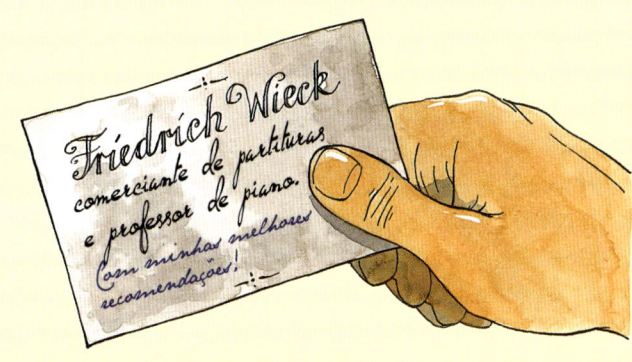

"Já de longe vimos uma longa fila diante da sala de concerto. Provavelmente, muitos ainda queriam comprar ingressos. Um cartaz ao lado da porta nos revelou que estávamos em Leipzig e que aquele era o dia 5 de outubro de 1829."

Frederico passa para o pai uma xícara que a avó tinha acabado de trazer.

– Tantos fãs, quase como hoje num show de música pop – diz ele, maravilhado, distribuindo as outras xícaras. – Clara Wieck tornou-se mais tarde uma famosa pianista e foi casada com o compositor Robert Schumann.

– É – confirma o avô –, Robert Schumann foi aluno do pai de Clara a partir de 1828 e assim os dois se conheceram.

Romantismo (por volta de 1820-1900)

– Chocolate e café chegando – anuncia a avó, colocando dois bules sobre a mesa.
– Legal – diz Frederico, e serve o que cada um deseja.
– E vocês ainda conseguiram ingressos para o concerto? – pergunta ele ao pai.
– O cartão de recomendação se mostrou bastante útil, pois conseguimos comprar duas entradas, ao contrário de outras pessoas. Ainda faltavam três horas até o início do concerto, então aproveitamos para conhecer um pouco a cidade. Na sala de concerto, os nossos lugares não eram os melhores, mas eram bons o suficiente para poder admirar Paganini ao vivo e em cores. E tenho que dizer que ele era mesmo um *violinista diabólico*, como o chamavam.

Romantismo (por volta de 1820-1900)

"Alto, magro, todo vestido de preto, ele tocou da forma mais genial que já ouvi em toda minha vida. E o violino pendia, quase chegando na barriga... O público delirava, entusiasmado."

– O pai de Paganini, ambicioso, quis que o menino tocasse violino ainda pequeno – diz o avô, interrompendo. – Mas o garoto recebeu um violino grande demais, muito pesado para ele, de forma que não conseguia manter a mão no alto quando tocava, como é o certo. E ele manteve aquela posição incomum durante toda a vida. A propósito, Robert Schumann ouviu um concerto com Paganini em Frankfurt, um ano depois do nosso concerto em Leipzig. Ele ficou tão impressionado que decidiu abandonar a faculdade de direito e se tornar pianista.

Agora é Clara que quer falar:

– Vocês ainda reencontraram minha xará Clara naquele dia?

– Vi Clara só uma vez, de longe. Ela me acenou – diz o pai de Frederico, concluindo sua narrativa.

– E agora gostaria de saber tudo o que aconteceu aqui nas últimas semanas – diz a mãe de Frederico, olhando para Clara e para ele. Os dois se entreolham.

– Bem, também é uma longa história... – dizem, dando um sorrisinho.

117

Romantismo (por volta de 1820-1900)

Vale a pena saber sobre a música do romantismo

Na história da música, o *romantismo* é o período que vai de 1820 a 1900 mais ou menos.

O que significa o conceito "romântico"?

O romantismo foi o período no qual os artistas – pintores, poetas, escritores e compositores – se deixaram influenciar fortemente pela imaginação, pelos sentimentos e por todos os elementos fantásticos. Os compositores expressaram tudo isso em sua música.

Onde se executava música?

A quantidade de concertos públicos aumentava cada vez mais, e qualquer um que tivesse dinheiro para um ingresso podia ir a um deles. As apresentações musicais realizavam-se na sala de concertos, no teatro de ópera ou em igrejas. Além disso, surgiram salões ou cafés, nos quais se podia ouvir música.

Como ainda não havia televisão e rádio, tocava-se muito em casa. A música doméstica era muito apreciada. O piano era considerado *o* instrumento do século XIX. Todas as famílias que tinham condições financeiras proporcionavam aulas de piano pelo menos para as filhas.

Artista descansando nas montanhas é o título deste quadro de Johann Christoph Erhard, de 1819. O grandioso mundo das montanhas, em solidão silenciosa ou sob tempestade, foi um motivo muito apreciado pelos pintores, poetas e músicos do romantismo.

Romantismo (por volta de 1820-1900)

Importantes formas musicais do romantismo

Grandes sinfonias, grandes óperas, operetas: o romantismo assumiu todos os gêneros do classicismo, contudo, de forma mais grandiosa. Foram compostas grandes sinfonias e grandes óperas. A opereta (ópera leve e descompromissada que incluía danças) também ganhou popularidade. Além disso, surgiu a chamada "música de salão", uma música para entretenimento (relativamente) leve apresentada em salões e cafés – principalmente em Paris e Viena.

***Charakterstück* [peça programática]:** na música para piano do romantismo, a *Charakterstück* teve um importante papel. Trata-se de uma composição curta, cujo caráter muitas vezes já está descrito no título (por exemplo, *Träumerei* [*Devaneios*] ou *Criança suplicante*, das *Cenas Infantis* de Schumann; *Canção da gôndola veneziana* nas *Canções sem palavras*, de Mendelssohn-Bartholdy). A *Charakterstück* tenta captar um determinado estado de sentimentos ou uma impressão.

Música programática: No romantismo, ela evoluiu para um gênero independente. A música programática tem caráter descritivo. Ela reproduz uma ideia não musical e utiliza principalmente a possibilidade de *coloridos musicais,* quer dizer, a música "pinta" com sons. Assim, por exemplo, imita acontecimentos da natureza, como canto de pássaros, pôr do sol ou tempestade (trovão, relâmpago, tempestade etc.). Na obra *O Moldava,* de Smetana, o trajeto do rio é descrito musicalmente. Essa composição é um poema sinfônico, um gênero de música programática instrumental de forma livre surgido por volta de 1850. Liszt é considerado o criador e principal representante do poema sinfônico.

***Lied*:** o *lied* [canção] erudito alemão atingiu seu apogeu no romantismo com os compositores Schubert, Schumann, Brahms e Wolf. Neste gênero, o cantor ou a cantora geralmente é acompanhado(a) ao piano.

A orquestra romântica

A orquestra romântica foi bastante ampliada em relação à clássica. Surgiu um enorme corpo sonoro: foram acrescentados novos instrumentos e a quantidade deles, principalmente de cordas e de sopro, foi aumentada. Berlioz e Wagner influenciaram de forma decisiva a sonoridade da orquestra romântica no século XIX. A orquestra sinfônica com grande formação é utilizada hoje em dia, principalmente, para executar o repertório de composições do final do século XVIII até começo do século XX. Além disso, existiam ainda a orquestra de câmara, com formação menor, e a orquestra de sopros, no âmbito da música militar e marcial.

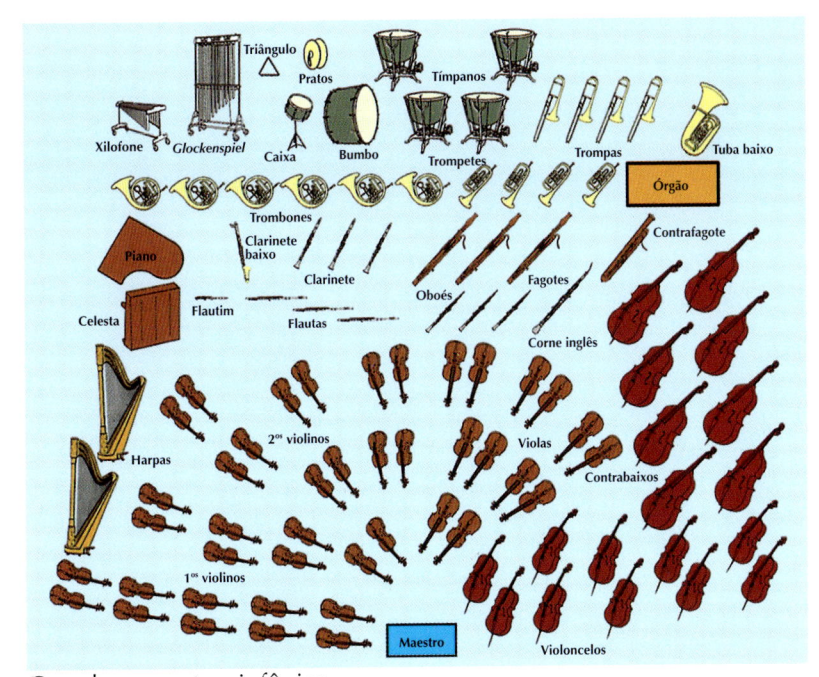

Grande orquestra sinfônica

119

Romantismo (por volta de 1820-1900)

Compositores famosos do romantismo

(organizados pelo seu principal local de atuação)

Alemanha

- Carl Maria von Weber (1786-1826)
- Albert Lortzing (1801-1851)
- Felix Mendelssohn-Bartholdy (1809-1847)
- Robert Schumann (1810-1856)
- Franz Liszt (1811-1886) [compositor húngaro]
- Richard Wagner (1813-1883)
- Johannes Brahms (1833-1897)
- Max Bruch (1838-1920)
- Engelbert Humperdinck (1854-1921)
- Hugo Wolf (1860-1903)
- Richard Strauss (1864-1949)
- Max Reger (1873-1916)

Áustria

- Franz Schubert (1797-1828)
- Johann Strauss, pai (1804-1849)
- Franz von Suppé (1819-1895)
- Anton Bruckner (1824-1896)
- Johann Strauss, filho (1825-1899)
- Gustav Mahler (1860-1911)

Itália

- Niccolò Paganini (1782-1840)
- Gioacchino Rossini (1792-1868)
- Giuseppe Verdi (1813-1901)
- Giacomo Puccini (1858-1924)

França

- Giacomo Meyerbeer (1791-1864) [compositor alemão]
- Hector Berlioz (1803-1869)
- Frédéric Chopin (1810-1849) [compositor polonês]
- Charles Gounod (1818-1893)
- Jacques Offenbach (1819-1880) [compositor alemão]
- Camille Saint-Saëns (1835-1921)
- Léo Delibes (1836-1891)
- Georges Bizet (1838-1875)
- Jules Massenet (1842-1912)
- Gabriel Fauré (1845-1924)

Rússia

- Alexander Borodin (1833-1887)
- Modest Mussorgsky (1839-1881)
- Piotr Ilitch Tchaikovsky (1840-1893)
- Nikolai Rimsky-Korsakov (1844-1908)
- Alexander Scriabin (1872-1915)

Região tcheco-boêmia

- Bedrich Smetana (1824-1884)
- Antonín Dvořák (1841-1904)

Noruega

- Edvard Grieg (1843-1907)

Espanha

- Isaac Albéniz (1860-1909)

Carl Maria von Weber (1786-1826), compositor alemão, escreveu a primeira ópera romântica alemã, *O franco-atirador*, além de outras, como *Euryanthe* e *Oberon*; compôs 2 sinfonias, 2 concertos para piano e 2 para clarinete, música dramática e obras vocais, música de câmara e para piano. A peça para piano mais conhecida de Weber é o *Aufforderung zum Tanz* [*Convite à dança*]. Weber, assim como Mendelssohn-Bartholdy, foi um dos primeiros maestros que não mais regeram a orquestra a partir de um instrumento, mas com a batuta na mão.

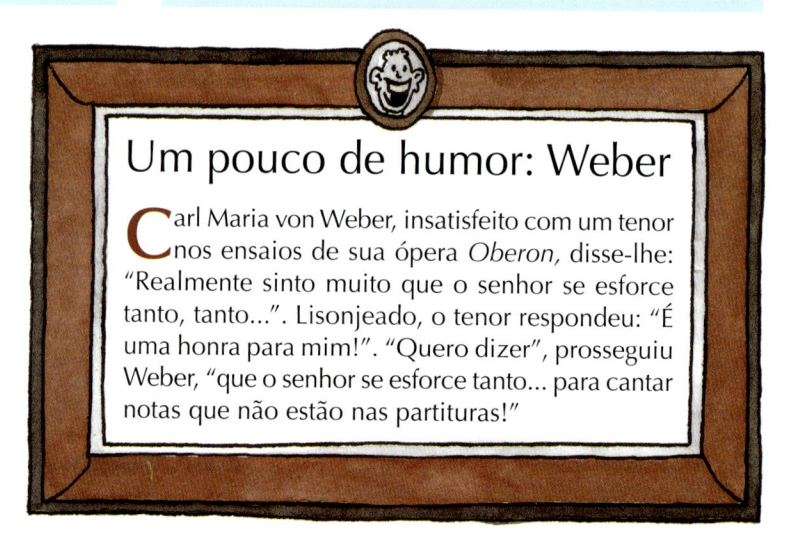

Um pouco de humor: Weber

Carl Maria von Weber, insatisfeito com um tenor nos ensaios de sua ópera *Oberon*, disse-lhe: "Realmente sinto muito que o senhor se esforce tanto, tanto...". Lisonjeado, o tenor respondeu: "É uma honra para mim!". "Quero dizer", prosseguiu Weber, "que o senhor se esforce tanto... para cantar notas que não estão nas partituras!"

Romantismo (por volta de 1820-1900)

Niccolò Paganini (1782-1840), virtuose do violino e compositor italiano, foi o "primeiro *superstar* da história da música". Com surpreendente habilidade nas mãos e a magia de seu som, além de sua presença, considerada demoníaca, ele magnetizava os ouvintes e os levava ao delírio. Suas turnês, extremamente bem-sucedidas, fizeram-no cruzar a Europa. Era chamado de *violinista diabólico*. Paganini escreveu 6 concertos para violino (muito conhecido é o concerto nº 2, com *La campanella*), 24 caprichos para violino solo, que atestam domínio absoluto da técnica violinística, assim como obras para violão e música de câmara. Muitos compositores foram inspirados, sob a influência de suas obras e interpretações, a realizar obras de caráter virtuosístico; por exemplo, Schumann, Liszt e Brahms.

Um pouco de humor: Paganini

Diz-se que Niccolò Paganini era muito avarento. Quando ficou sabendo que uma cantora bonita e talentosa queria se casar com ele, retrucou: "Casar? Para me ouvir tocar violino de graça? Comigo, não!".

Escolas nacionais na Europa

O romantismo desencadeou um grande movimento nacionalista. Os países que até então praticamente não haviam participado da música erudita europeia tornaram-se musicalmente ativos, realçando sua independência cultural. O ponto de partida foram suas próprias músicas populares. Assim aconteceram interessantes combinações entre música popular e música erudita. As composições são caracterizadas por elementos folclóricos e um ritmo geralmente bastante característico. Compositores importantes, nesse sentido, são, por exemplo:

- Borodin, Mussorgsky, Tchaikovsky e Rimsky-Korsakov, na Rússia;
- Smetana e Dvořák, na República Tcheca;
- Grieg, na Noruega;
- Albéniz, na Espanha.

Felix Mendelssohn-Bartholdy (1809-1847) foi um compositor, pianista e maestro alemão. Aos 9 anos, apresentou-se pela primeira vez em público. Três anos depois, tocou para Goethe em Weimar. Em 1829, regeu a primeira apresentação da *Paixão segundo São Mateus* após a morte de J. S. Bach, iniciando assim um "renascimento de Bach". Quando, em 1835, se tornou maestro da sala de concertos Gewandhaus, em Leipzig, surgiu ali um importante centro musical europeu. Em 1843, fundou o Conservatório (= escola de formação de músicos) de Leipzig, o primeiro do gênero na Alemanha.

Mendelssohn-Bartholdy compôs obras orquestrais, como 5 sinfonias (nº 3, *Sinfonia escocesa*, e nº 4, *Sinfonia italiana*, nas quais ele expõe impressões de viagem), aberturas, a música incidental para *Sonho de uma noite de verão* (incluindo a conhecida *Marcha nupcial*), um popular concerto para violino, 2 concertos para piano, música para piano (famosas são as suas *Canções sem palavras*), oratórios (*São Paulo*, *Elias*) e muito mais.

Romantismo (por volta de 1820-1900)

Franz Schubert nasceu em 31 de janeiro de 1797 em Lichtenthal, perto de Viena. Já muito cedo, o pequeno Franz mostrou uma grande vocação musical e, a partir dos 8 anos, recebeu formação intensiva de seu pai e do regente do coral da igreja paroquial de Lichtenthal em canto, violino, piano e órgão. Aos 11 anos, foi admitido como soprano na capela da corte vienense e no internato católico, onde lhe foi oferecida a melhor formação instrumental e em composição.

Durante quatro anos, foi professor assistente na escola do pai, por vontade deste. Depois, Schubert dedicou-se inteiramente à composição e passou a viver da ajuda financeira de seus amigos, que, contudo, só bastava para o essencial. Exceto por duas vezes em que foi professor de música da família Esterházy na Hungria (1818 e 1824), viveu exclusivamente em Viena.

Schubert preferiu escrever sua música para um pequeno círculo de amigos – músicos, pintores e poetas –, animados pelos mesmos sentimentos, que chamavam seus saraus literários e musicais de *schubertíades*. Apenas uma vez ele ofereceu um concerto público: 26 de março de 1828. Em 1827, adoeceu. Morreu em 19 de novembro de 1828, aos 31 anos, em consequência de uma infecção.

Apesar de sua vida breve, Schubert tornou-se um dos maiores compositores da história da música. Seu maior desejo, o de ser sepultado ao lado de Beethoven, foi realizado por seu irmão Ferdinand.

O que Schubert compôs

- Mais de 600 *lieder*, 3 ciclos de *lieder*
- 8 sinfonias
- Música para piano
- Música de câmara
- Missas, música coral
- Óperas

Algumas de suas obras mais famosas

- *Lieder*: Gretchen am Spinnrade [Margarida na roca], Heidenröslein [Rosinha do silvado], Erlkönig [Rei dos elfos], Ave-Maria, Ständchen [Serenata], Der Lindenbaum (Am Brunnen vor dem Tore) [A tília – junto à fonte perto do portão]
- Ciclos de *Lieder*: Die schöne Müllerin [A bela moleira], Winterreise [Viagem de inverno], Schwanengesang [Canto do cisne]
- Sinfonias: Inacabada, Grande sinfonia (em dó maior)
- Piano: Fantasia Wanderer, Momentos musicais, Improvisos, Marcha militar nº 1 (a quatro mãos)
- Música de câmara: A morte e a donzela (quarteto de cordas), Quinteto A truta, Quinteto de cordas em dó maior
- Deutsche Messe [Missa alemã]

Uma *schubertíade*: Schubert toca piano para os amigos.

Romantismo (por volta de 1820-1900)

O que Schumann compôs

- 4 sinfonias
- Concertos
- Obras pianísticas
- *Lieder* (com textos de J. von Eichendorff e H. Heine, entre outros)
- Música de câmara
- Obras orquestrais, vocais e dramáticas

Algumas de suas obras mais famosas

- Sinfonias nº 1 (Sinfonia da primavera), nº 3 (Renana)
- Concerto para piano em lá menor
- Concerto para violoncelo em lá menor
- Cenas infantis, especialmente Träumerei [Devaneios] (piano)
- Album für die Jugend [Álbum para a juventude], em especial: Fröhlicher Landmann [Camponês feliz] e Wilder Reiter [Cavaleiro selvagem] (piano)
- Ciclos de *lieder*: Dichterliebe [Amor de poeta], em especial Im wunderschönen Monat Mai [No maravilhoso mês de maio]; Liederkreis op. 39, em especial Mondnacht [Noite enluarada]; Frauenliebe und -leben [Amor e vida da mulher]

Robert Schumann nasceu em 8 de junho de 1810, em Zwickau, Alemanha. Desde cedo, Robert teve aulas de piano e órgão e, já aos 11 anos, escreveu sua primeira grande composição. Depois da morte prematura do pai (1826), Schumann começou a faculdade de direito a pedido da mãe. Na mesma época, tinha também aulas de piano com o renomado professor Friedrich Wieck, seu futuro sogro. A partir de 1830, Schumann decidiu, definitivamente, tornar-se músico. Devido ao exagero nos exercícios com um aparelho para treinamento, um dedo da sua mão direita sofreu uma paralisia, impossibilitando, assim, sua carreira pianística.

Em 1834, Schumann fundou a *Nova Revista de Música*, na qual incentivava os jovens músicos, como, por exemplo, o jovem Brahms, que se tornou amigo íntimo da família. Em 1840, casou-se com a elogiada pianista Clara Wieck – contra a vontade do pai dela. Em 1844, mudaram-se para Dresden. A partir de 1850, viveram em Düsseldorf, onde Schumann ocupou o cargo de diretor musical municipal. Porém, já em 1853, por motivos de saúde, ele teve de abandonar o cargo. Em 1854, Schumann, que sofria de alucinações, jogou-se de uma ponte no Reno. Foi salvo e internado em um sanatório perto de Bonn, onde permaneceu até sua morte, em 29 de julho de 1856.

Além de seu talento genial em composição, Schumann foi um importante estudioso e escritor sobre música.

A famosa pianista **Clara Wieck**, em 1838, dois anos antes de seu casamento com Robert Schumann, que ficou encantado com este quadro: "Quase o destruí de tanto beijá-lo...".

Romantismo (por volta de 1820-1900)

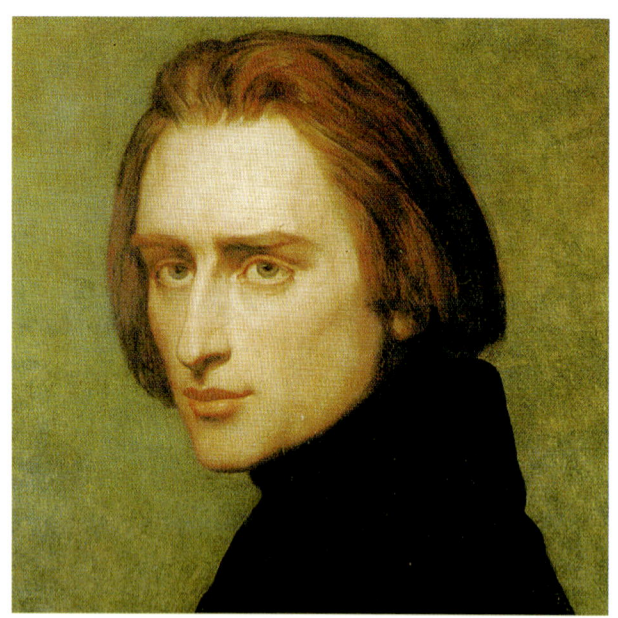

Franz Liszt nasceu em 22 de outubro de 1811, em Raiding, Hungria. Recebeu sua primeira aula de piano aos 6 anos, de seu pai. Já aos 8 anos, apresentou-se pela primeira vez como pianista. A partir de 1822, estudou piano em Viena com Carl Czerny, um aluno de Beethoven, e composição com Antonio Salieri, professor de Beethoven e Schubert. Em 1824, Liszt viajou com seu pai a Paris para continuar seus estudos. Ali conheceu, entre outros, o virtuose de violino Paganini, que exerceu grande influência sobre seu estilo pianístico.

Em 1835, Liszt deixou Paris para ser visto e ouvido em toda a Europa como virtuose do piano. Foi considerado o maior pianista de seu tempo e deixava seus espectadores atônitos em seus concertos triunfais, à medida que fazia o piano soar quase como uma orquestra. Em 1842, Liszt tornou-se regente da corte em Weimar. Ali ele lutou pela apresentação das obras de Richard Wagner, de quem era amigo íntimo. Nessa mesma cidade, surgiram também composições excepcionais, como os poemas sinfônicos, os concertos para piano e inúmeras obras para esse instrumento. Liszt tinha um grande número de alunos em Weimar.

Em 1861, mudou-se para Roma e ordenou-se, sendo dali em diante o "Abade Liszt". A partir de 1869, Liszt viveu alternadamente em Weimar, Roma e Budapeste. Morreu em 31 de julho de 1886, em Bayreuth. Sua filha, Cosima, casou-se com Richard Wagner.

O que Liszt compôs

- 13 poemas sinfônicos
- Obras orquestrais
- 2 concertos para piano
- Música para piano, obras para órgão
- Obras vocais, missas, obras sacras
- *Lieder*
- Transcrições de óperas, sinfonias e *lieder* de outros compositores

Algumas de suas obras mais famosas

- Les préludes (orquestra)
- Valsas-Mefisto (orquestra)
- Concerto para piano nº 1
- Rapsódia húngara nº 2 (piano/orquestra)
- Liebestraum nº 3 [Sonho de amor] (piano)
- Sonata em si bemol (piano)
- La campanella (para piano, dos Estudos de Paganini)

Beethoven abraça o pequeno Liszt após um concerto

A época dos grandes virtuoses

Com a evolução dos instrumentos no início do século XIX, aumentaram também as exigências técnicas para os músicos. Isso levou à chamada virtuosidade. Músicos como Liszt (piano) e Paganini (violino) possuíam uma habilidade técnica excepcional. Faziam turnês de concertos por toda a Europa. Os preços dos ingressos para as apresentações de virtuoses eram bastante altos.

Romantismo (por volta de 1820-1900)

Franz Liszt conquistou as salas de concertos e salões da Europa como virtuose ao piano.

Ele fecha os olhos e parece tocar só para si mesmo.

Pianíssimo: seu rosto se transfigura.

As teclas tremem com os suspiros.

Oh, bela juventude. Perfumes. Luz do luar. Amor.

O furacão faz tremer os portões do inferno.

Ele não queria nada além de tocar para nós – tocando para si mesmo. Aplausos, aclamações, vivas!

Franz Liszt, o "Rei-Sol" do piano num concerto (desenhos de Jankó)

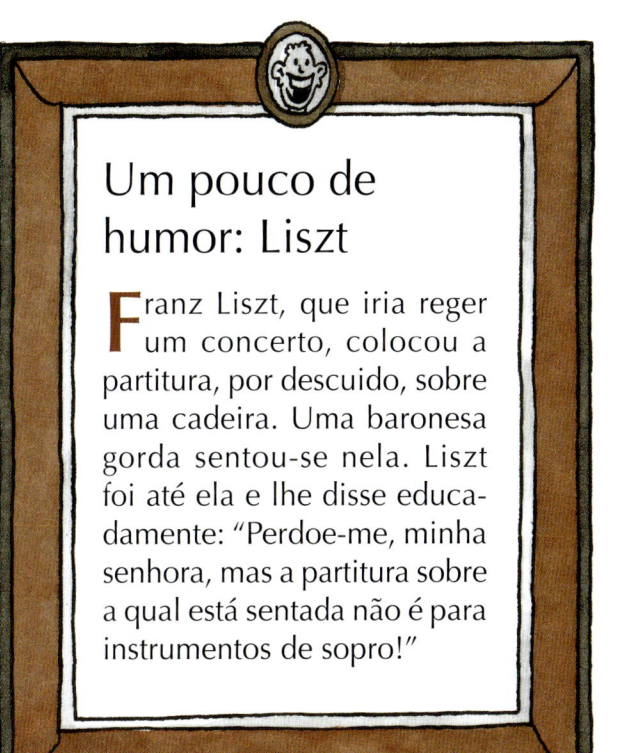

Um pouco de humor: Liszt

Franz Liszt, que iria reger um concerto, colocou a partitura, por descuido, sobre uma cadeira. Uma baronesa gorda sentou-se nela. Liszt foi até ela e lhe disse educadamente: "Perdoe-me, minha senhora, mas a partitura sobre a qual está sentada não é para instrumentos de sopro!"

Um pouco de humor: Chopin

Certa vez, Frédéric Chopin, depois de um almoço, foi convidado a tocar piano. Ele executou uma composição curta, de apenas 16 compassos, e se levantou. "Mas, mestre", exclamou a anfitriã, "só uma peça tão pequena?". "Minha senhora", retrucou Chopin, mal-humorado, "na verdade, comi bem pouco."

Romantismo (por volta de 1820-1900)

Frédéric Chopin nasceu em 1º de março de 1810 em Zelazowa-Wola, Polônia. Já aos 7 anos, compôs duas *polonaises*, peças instrumentais de dança de seu país. Aos 8 anos, tocou em público e foi admirado como criança-prodígio. A carreira virtuosística de Chopin começou em 1827, em Varsóvia, e continuou em Viena, em 1829. A partir de 1831, viveu em Paris, como pianista e professor, onde se tornou atração da alta sociedade. Ali conheceu outros músicos importantes, como Liszt e Berlioz, e escritores, como Heine e Balzac.

Devido à sua doença nos pulmões, passava os meses de inverno na ilha de Maiorca acompanhado de George Sand, uma escritora muito emancipada com quem teve um relacionamento amoroso. Em 1848, Chopin realizou concertos em Londres e na Escócia. Completamente esgotado, retornou a Paris, onde veio a falecer no ano seguinte, no dia 17 de outubro de 1849. Em seu funeral, foi executado, a seu pedido, o *Réquiem* de Mozart.

Chopin criou um novo estilo virtuosístico ao piano, com muitos ornamentos, expressiva linha melódica e sonoridade poética. Pode-se reconhecer a música popular polonesa, de sua pátria, em algumas de suas composições, como nas mazurcas e *polonaises*. Sua obra abrange exclusivamente peças para piano ou com piano.

O que Chopin compôs

- 2 concertos para piano
- 3 sonatas para piano
- Prelúdios, valsas
- Estudos, noturnos
- Mazurcas, *polonaises*
- Baladas, *scherzos*, improvisos e outras peças para piano
- Obras para piano com orquestra
- Música de câmara
- *Lieder*

Algumas de suas obras mais famosas

- Concerto para piano nº 1
- Marcha fúnebre, da Sonata para piano nº 2
- Prelúdio da gota d'água
- Valsa do minuto
- Estudo Tristesse
- Estudo revolucionário
- *Polonaise* militar
- *Scherzo* nº 2
- Fantasia-improviso

Frédéric Chopin preferia o público pequeno de salão às grandes salas de concerto.

Romantismo (por volta de 1820-1900)

As óperas mais conhecidas de Verdi

- Nabucco
- Rigoletto
- Il trovatore
- La traviata
- Un ballo in maschera
- A força do destino
- Aida
- Otello
- Falstaff

Giuseppe Verdi nasceu em 10 de outubro de 1813, no vilarejo Le Roncole, perto de Busseto, Itália. Provinha de família simples, mas um comerciante abastado lhe financiou uma boa formação musical. Aos 9 anos, tocava órgão em sua cidade natal. Verdi quis estudar música no conservatório de Milão, que o recusou, com esta justificativa: "Sem talento musical!". Dali em diante, Verdi, então com 18 anos, teve aulas particulares com um maestro e, em 1836, tornou-se diretor da orquestra municipal e da escola de música de Busseto. Em 1839, sua primeira ópera, *Oberto*, estreou.

Entre 1838 e 1840, Verdi sofreu graves golpes do destino: perdeu a mulher e os dois filhos, mergulhando, depois disso, em seu trabalho. Apenas a ópera *Nabucco*, que teve êxito retumbante em 1842, o ajudou a sair de seu desespero. Nos anos seguintes, foram compostas outras óperas grandiosas. A fama de Verdi espalhou-se por toda a Europa e fez dele um herói nacional em seu país. Os italianos amavam a música de Verdi acima de tudo e cantavam suas árias nas travessas e praças. Sem dúvida, foi o mais importante compositor de óperas do século XIX. Para a inauguração do canal de Suez, no Cairo, Verdi compôs *Aida* – sua obra mais popular hoje. Depois de longa pausa, ele ainda escreveu, já com bem mais de 70 anos, duas óperas: *Otello* e *Falstaff*. Fora as óperas, produziu apenas poucas obras, por exemplo, seu famoso Réquiem e um quarteto de cordas. Verdi faleceu em 27 de janeiro de 1901, em Milão.

O jovem Verdi segura na mão a partitura de sua ópera *Nabucco*, que estreou em Milão em 1842. A famosa melodia que integra a obra – o coro de presos *Vai, pensamento, sobre asas douradas* – foi cantada no funeral do compositor por milhares de pessoas em 1901.

Verdi em sua fazenda, Sant'Agata, com seus dois cavalos preferidos.

Romantismo (por volta de 1820-1900)

Richard Wagner nasceu em 22 de maio de 1813, em Leipzig, Alemanha. De 1822 a 1827, frequentou a Escola da Cruz, em Dresden e, posteriormente, o Ginásio Nicolai, em Leipzig.
A partir de 1830, tornou-se membro do Coro da Igreja de São Tomás, nessa mesma cidade. De 1834 a 1837, Wagner foi diretor musical em Magdeburgo, Königsberg e Riga. Com crescentes dificuldades financeiras, em 1839, fugiu para Londres e Paris. Em 1843, assumiu o cargo vitalício de regente da corte em Dresden. Contudo, a revolta política de 1848/49 não deixou Wagner incólume. Ele passou a ser procurado com mandado de prisão e teve de fugir, com a ajuda de Liszt, para a Suíça. Apenas em 1860 Wagner voltou à Alemanha. Dez anos depois, casou-se com a filha de Liszt, Cosima.

A partir de 1864, o rei Ludwig II da Baviera, amante de música e fã de Wagner, o apoiou e mandou construir para ele o *Festspielhaus* [Teatro Lírico do Festival] *de Bayreuth*. Em 1876, realizaram-se os primeiros festivais em Bayreuth. O compositor Engelbert Humperdinck (1854-1921), que escreveu a obra-prima *Hänsel und Gretel* – a mais linda ópera de contos de fada para crianças –, foi assistente de Wagner em Bayreuth por um breve período. Wagner morreu em 13 de fevereiro de 1883, em Veneza. Sua sepultura encontra-se no jardim de sua mansão *Wahnfried*, em Bayreuth.

Wagner criou um estilo musical completamente novo, que exerceu influência sobre muitos outros compositores. Ele não subdividia mais a ópera em partes isoladas (ária, recitativo, intermezzo, coro), mas criou uma *Gesamtkunstwerk* [obra de arte total]*. O próprio autor escrevia os libretos de suas óperas, inspirado pelo mundo das antigas lendas germânicas.

---

* Expressão usada por Wagner para seus dramas musicais, em que todas as artes (música, poesia, movimento, projeto visual) deveriam se combinar para a mesma finalidade [Fonte: *Dicionário Grove de música*, ed. por Stanley Sadie. Rio de Janeiro: Zahar, 1994.] (N. T.)

As óperas mais famosas de Wagner

- O navio fantasma
- Tannhäuser
- Lohengrin
- Tristão e Isolda
- Os mestres-cantores de Nuremberg
- O anel dos nibelungos (O ouro do Reno, As valquírias, Siegfried, Crepúsculo dos deuses)
- Parsifal

O que é um *leitmotiv*?

Típica do estilo wagneriano é a *técnica do leitmotiv*, isto é, Wagner caracterizava pessoas, objetos ou sentimentos em suas óperas com determinadas ideias ou motivos musicais. Nas situações correspondentes no palco, soavam os *leitmotive* em sua música.

Mandado de prisão

"O regente real, a seguir descrito, Richard Wagner, desta cidade, deveria ser investigado devido à sua participação significativa no movimento revoltoso ocorrido nesta cidade, mas até o momento não foi. Por essa razão, pede-se a todas as autoridades policiais que fiquem atentas e o prendam, caso o localizem, e nos avisem imediatamente.
Dresden, 16 de maio de 1849.
Delegacia policial da cidade, von Oppel.
Wagner tem entre 37 e 38 anos, estatura média, cabelos castanhos e usa óculos."

A *Festspielhaus* em Bayreuth, onde até hoje são apresentadas obras de Wagner durante os festivais anuais.

Romantismo (por volta de 1820-1900)

Um pouco de humor: Verdi

Perguntaram à companheira de Giuseppe Verdi, Giuseppina Strepponi, se o mestre estaria trabalhando numa nova ópera. Sorrindo, ela respondeu: "Graças a Deus, não, pois quando ele trabalha, seu humor é insuportável!"

Um jovem e corpulento compositor tocou alguns trechos de uma obra própria para Giuseppe Verdi e perguntou se o agradavam. "Querido amigo", respondeu o maestro, "é melhor não me perguntar se sua obra me agradou, pois você é muito maior e mais forte do que eu."

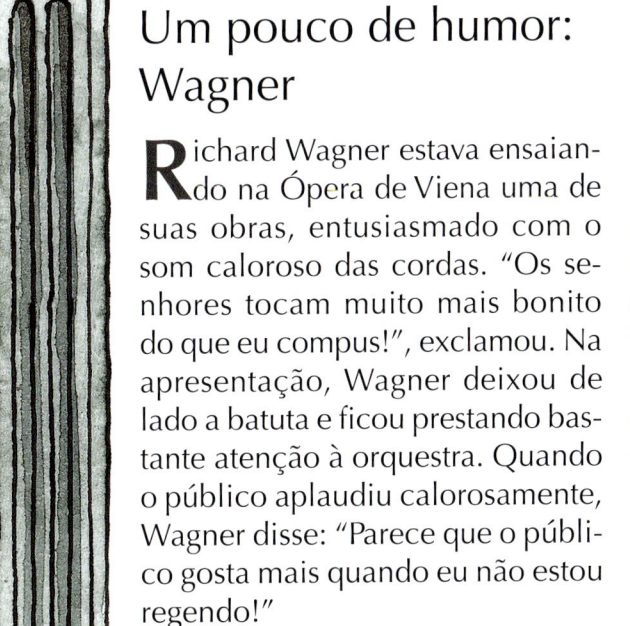

Um pouco de humor: Wagner

Richard Wagner estava ensaiando na Ópera de Viena uma de suas obras, entusiasmado com o som caloroso das cordas. "Os senhores tocam muito mais bonito do que eu compus!", exclamou. Na apresentação, Wagner deixou de lado a batuta e ficou prestando bastante atenção à orquestra. Quando o público aplaudiu calorosamente, Wagner disse: "Parece que o público gosta mais quando eu não estou regendo!"

Certa vez, Wagner estava passeando e passou por um realejo que tocava o *Coro da noiva*, de sua ópera *Lohengrin*, num andamento muito rápido. Ele tomou a manivela da mão do homem e a girou na velocidade certa. Quando acabou, deu ao dono do realejo uma boa gorjeta com a instrução de, futuramente, não tocar mais naquela velocidade. No dia seguinte, o homem colocou uma placa no realejo: "*Aluno de Richard Wagner*".

Romantismo (por volta de 1820-1900)

Algumas de suas obras mais famosas
- Operetas: O morcego, O barão cigano, Uma noite em Veneza
- Valsas: Danúbio azul, Valsa do imperador, Sangue vienense, Contos dos bosques de Viena, Rosas do Sul
- Polcas: Tritsch-Tratsch-Polca, Polca pizzicato

Johann Strauss II nasceu em 25 de outubro de 1825, em Viena. Apoiado pela mãe, recebeu aulas em segredo de violino e de composição. Em 1844, fundou uma orquestra de baile – para irritação de seu pai, que não queria de forma alguma que Johann fosse músico profissional como ele (Johann Strauss pai escreveu a famosa *Marcha Radetzky*, entre outras coisas).

A orquestra do filho tornou-se concorrente da do pai. A reconciliação entre eles ocorreu em 1847. Após a morte do pai (1849), o filho uniu as duas orquestras.

De 1863 a 1870, Strauss, que não dançava, regeu os bailes da corte vienense. Em suas turnês, que o levaram até os Estados Unidos, era aclamado como o *rei da valsa*. Em 1871, dedicou-se à opereta e compôs obras-primas deste gênero. Strauss escreveu 16 operetas, mais ou menos 500 valsas e muitas outras obras para dança, como polcas.

Em 1872, Johann Strauss II regeu, em Boston, nos EUA, sua valsa *Danúbio azul* para 100 mil espectadores num festival internacional de música. Para coordenar os 20 mil cantores e mil músicos da orquestra, ele contratou outros cem maestros.

O *rei da valsa*, Johann Strauss II, e sua orquestra.

Romantismo (por volta de 1820-1900)

O que Tchaikovsky compôs

- 3 balés
- Óperas
- 6 sinfonias
- 3 concertos para piano
- 1 concerto para violino
- Obras vocais e orquestrais
- Música para piano
- Música de câmara, canções

Algumas de suas obras mais famosas

- O lago dos cisnes, A Bela Adormecida, O quebra-nozes (balés)
- Eugene Onegin, A dama de espadas (óperas)
- Sinfonia nº 6 (Patética)
- Concerto para piano nº 1
- Capricho italiano (orquestra)
- Serenata para orquestra de cordas
- As estações e Álbum infantil (piano)

Piotr Ilitch Tchaikovsky nasceu em 7 de maio de 1840, em Votkinsk (Rússia). A mãe ensinou ao pequeno Piotr os conhecimentos básicos da música e, aos 5 anos, ele já conseguia tocar de ouvido melodias ao piano. Teve aula desse instrumento com diversos professores. Aos 10 anos, foi para o internato da Escola de Jurisprudência, em São Petersburgo, para mais tarde poder trilhar a carreira de funcionário público. Em 1863, Tchaikovsky fez de seus estudos de música, realizados simultaneamente com os de jurisprudência, sua profissão principal. Abandonou o serviço público e frequentou o Conservatório de São Petersburgo. Foi professor de teoria no Conservatório de Moscou por doze anos.

Quando Tchaikovsky passou a receber ajuda financeira de uma mecenas, pôde então se dedicar exclusivamente à composição. Ele manteve uma intensa correspondência com Nadejda von Meck, mas nunca a conheceu pessoalmente. Depois de 1880, suas obras passaram a ser reconhecidas internacionalmente. Mais tarde, também regeu os próprios trabalhos. Tchaikovsky morreu em 6 de novembro de 1893 em São Petersburgo, provavelmente de cólera.

Nadejda von Meck (1831-1894) apreciava muito Tchaikovsky e sua música e o ajudou financeiramente.

Romantismo (por volta de 1820-1900)

O que Brahms compôs

- 4 sinfonias
- 2 concertos para piano
- 1 concerto para violino
- Obras corais
- Música de câmara
- Peças para piano
- *Lieder*

Algumas de suas obras mais famosas

- Concerto para piano nº 1
- Réquiem alemão
- Danças húngaras (piano / orquestra)
- A bela Magelone (ciclo de canções)
- Canção de ninar

Johannes Brahms nasceu em 7 de maio de 1833, em Hamburgo, Alemanha. Recebeu a primeira aula de música do pai, contrabaixista na orquestra municipal e músico oficial da cidade. Já muito cedo, Brahms começou a tocar piano nas tabernas do porto para ajudar a família financeiramente. Mais tarde, acompanhou um famoso violinista húngaro ao piano.

Brahms era amigo íntimo de Robert Schumann e da esposa dele, Clara. Em 1862, mudou-se para Viena. Brahms, que exercia alguns cargos (regente de coral, pianista da corte, diretor de concertos), atuava como artista autônomo. Apresentou suas composições em inúmeros concertos na Alemanha e no exterior. Morreu em 3 de abril de 1897, em Viena.

Clara e Robert Schumann. Brahms conheceu o casal de músicos em 1853, em Düsseldorf, quando tinha 21 anos. Schumann escreveu um artigo entusiasmado sobre Brahms em sua *Nova Revista de Música*.

Brahms amava o jogo de cartas: aqui ele joga baralho com dois amigos vienenses: Johann Strauss II e o maestro Hans Richter. Retratos na parede: Franz Liszt e Richard Wagner.

Romantismo (por volta de 1820-1900)

Um pouco de humor: Brahms

Após um sarau, Johannes Brahms queria se livrar de algumas admiradoras fanáticas demais e acendeu um de seus famosos charutos. Quando estava envolto numa impenetrável nuvem de fumaça, uma das senhoras disse: "Mas, senhor Brahms, não se fuma na presença de damas!". "Onde há anjos", disse Brahms, sorrindo, "deve haver nuvens também!"

Brahms a caminho de sua taberna favorita: Zum Roten Igel [O ouriço vermelho].

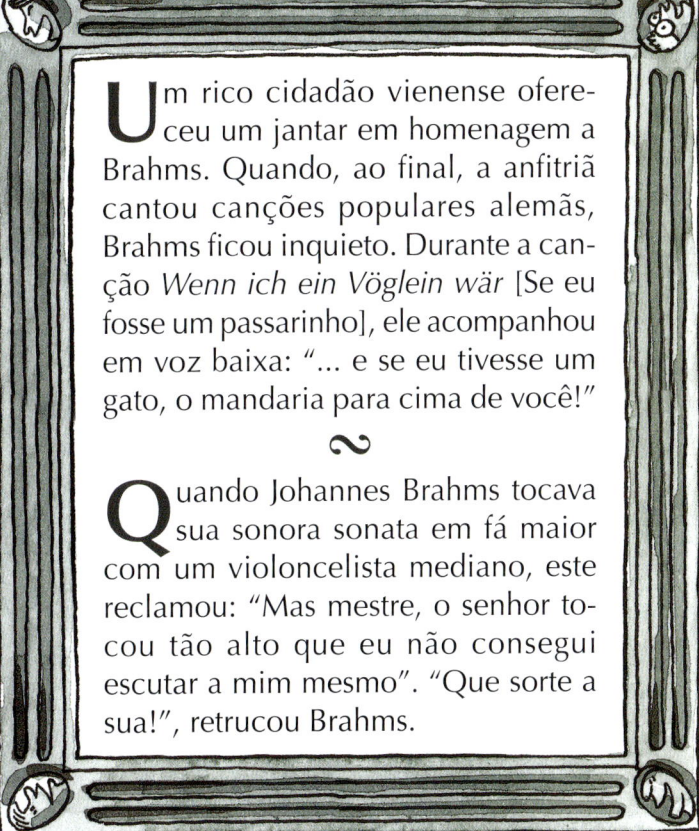

Um rico cidadão vienense ofereceu um jantar em homenagem a Brahms. Quando, ao final, a anfitriã cantou canções populares alemãs, Brahms ficou inquieto. Durante a canção *Wenn ich ein Vöglein wär* [Se eu fosse um passarinho], ele acompanhou em voz baixa: "... e se eu tivesse um gato, o mandaria para cima de você!"

∾

Quando Johannes Brahms tocava sua sonora sonata em fá maior com um violoncelista mediano, este reclamou: "Mas mestre, o senhor tocou tão alto que eu não consegui escutar a mim mesmo". "Que sorte a sua!", retrucou Brahms.

Romantismo (por volta de 1820-1900)

Jacques Offenbach (1819-1880), compositor francês de origem alemã, partiu de Colônia para Paris em 1833, onde estudou violoncelo e composição. Tornou-se violoncelista na Opéra Comique de Paris e, em 1850, regente teatral no Théâtre Français. Em 1855, inaugurou seu próprio pequeno teatro. Ali estreou, em 1858, sua famosa opereta *Orfeu no inferno* (incluindo o *Cancan*). Com essa paródia sobre deuses, Offenbach tornou-se um expoente no gênero opereta. No total, compôs 102 músicas dramáticas. Sua última obra-prima surgiu em 1880: a grande ópera romântica *Os contos de Hoffmann* (com a *Barcarola*).

Camille Saint-Saëns (1835-1921), compositor francês, já aos 11 anos apresentou-se na maior sala de concertos de Paris, a Salle Pleyel. A partir de 1877, dedicou-se exclusivamente a suas composições, que apresentava durante turnês, como regente e pianista. O conjunto de sua obra abrange todos os gêneros. Sua composição mais famosa é *O carnaval dos animais*. Nessa peça divertida, ele transforma de forma magistral as características e qualidades típicas dos animais em música (muito conhecida é a peça para violoncelo, *O cisne*).

Bedrich Smetana (1824-1884), tcheco, foi compositor e regente no Teatro Nacional de Praga. É um dos representantes mais importantes da música nacional tcheca no século XIX. Devido a uma enfermidade no ouvido, escutava incessantemente um mi alto e estridente. Incluiu essa tortura em seu quarteto de cordas *Da minha vida*. Em 1874, ficou surdo, mas continuou a compor até ser internado, em 1884, no manicômio de Praga, onde morreu com perturbações mentais. Smetana dedicou-se principalmente à composição de óperas (a mais conhecida delas é *A noiva vendida*), obras orquestrais (por exemplo, *Minha pátria*, ciclo de um poema sinfônico em seis partes, das quais a mais famosa é *O Moldava*), assim como música de câmara e para piano.

Georges Bizet (1838-1875), compositor francês, ganhou renome apenas em 1872 com suas duas suítes *L'Arlésienne*. Porém, sua obra-prima é a ópera *Carmen*, hoje considerada uma das mais famosas de toda a história da música. Na estreia, em março de 1875, o trabalho não causou entusiasmo. Infelizmente, o estrondoso sucesso em Viena, meio ano depois, e posteriormente não foi presenciado por ele, que faleceu em junho de 1875.

Romantismo (por volta de 1820-1900)

Grieg com sua mulher, Nina, uma famosa cantora.

Antonín Dvořák (1841-1904), compositor tcheco, obteve sucesso mundial com as obras vocais *Sons da Morávia*. Em 1891, tornou-se professor de composição em Praga e, um ano mais tarde, diretor do Conservatório de Nova York. Dvořák foi um dos músicos mais populares da escola nacional tcheca. Escreveu 9 sinfonias (a mais famosa é a nona, *Do Novo Mundo*, composta nos EUA), óperas (por exemplo, *Russalka*), obras orquestrais (como *Danças eslavas*, originalmente para piano a quatro mãos), música de câmara, concertos solo, música para piano e música vocal. Quando morreu, foi decretado luto oficial.

Edvard Grieg (1843-1907) foi o compositor norueguês mais famoso de sua época. A partir da tradição popular musical de seu país, ele criou uma música erudita nacional. Sua obra abrange trabalhos orquestrais e dramáticos, música de câmara, peças para piano e canções. Suas composições mais famosas são as suítes *Peer Gynt* e *Holberg*, o concerto para piano em lá menor e as *Peças líricas* para piano.

Modest Mussorgsky (1839-1881), compositor e pianista russo, primeiramente serviu como oficial e, mais tarde, ganhava a vida como funcionário público no Ministério de Estradas e Agricultura. Seu gosto declarado pelo álcool foi, certamente, a causa de sua morte prematura. Mussorgsky deu uma enorme contribuição para a música nacional russa. Compôs óperas (por exemplo, *Boris Godunov*), peças orquestrais, música de câmara, obras para piano e canções. Sua composição mais famosa é o ciclo para piano *Quadros de uma exposição*. Maurice Ravel (vide página 141) transcreveu esta obra para orquestra em 1922. Também ficou conhecida a versão pop-rock do grupo Emerson, Lake & Palmer.

Um pouco de humor: Dvořák

Antonín Dvořák, que não era muito falante, viajava com um amigo de Praga para Viena. A região, próxima de alguns lagos na Boêmia, estava infestada de mosquitos, e seu amigo reclamou: "Que praga, estes mosquitos!". Até Viena, ninguém mais disse uma palavra. Num café vienense, Dvořák respondeu à observação, feita horas antes: "Certamente é devido à grande quantidade de lagos!"

Romantismo (por volta de 1820-1900)

> **Puccini**, **Mahler**, **Reger** e **Strauss**, que atuaram na passagem do século XIX para XX, são compositores do chamado *romantismo tardio*. São considerados "precursores" da *Música Nova* (vide p. 152).

Giacomo Puccini (1858-1924), autor de óperas, é um dos compositores italianos mais executados hoje em dia. Características típicas de suas óperas são um enredo dramático, uma atmosfera sentimental, romântica e frequentemente exótica, instrumentação com muitos efeitos e melodias de grande beleza. As óperas mais famosas de Puccini são *Manon Lescaut*, *La Bohème*, *Tosca*, *Madame Butterfly* e *Turandot*, que não foi terminada por ele.

Richard Strauss (1864-1949), compositor e maestro alemão, foi influenciado principalmente por Liszt e Wagner. Sua obra completa abrange quase todos os gêneros musicais (exceto música sacra), mas com ênfase no poema sinfônico (como *Don Juan*, *Morte e transfiguração*, *Till Eulenspiegel*, *Uma vida de herói*, *Sinfonia dos Alpes*) e na ópera (por exemplo, *Salomé*, *Elektra*, *O cavaleiro da rosa*, *Ariadne em Naxos*). Strauss lutou intensamente pela proteção legal das obras musicais e foi cofundador da Gema (Sociedade de Direitos de Apresentação Musical e Reprodução Mecânica).

Gustav Mahler (1860-1911), compositor austríaco, foi diretor de ópera e requisitado maestro em diversos teatros grandes (Budapeste, Hamburgo, Viena e Nova York, entre outros). A obra de Mahler concentrou-se nos gêneros sinfonia e *lied*. Escreveu dez grandes sinfonias: o *Adagietto* da quinta ficou famoso como trilha sonora do filme *Morte em Veneza*. A oitava sinfonia também se chama *Sinfonia dos mil*, pelo número de músicos – 1030 – atuantes na estreia, em Munique, em 1910. Nos ciclos de *lieder* devem ser destacados: *Lieder eines fahrenden Gesellen* [*Canções de um viandante*], o ciclo *Des Knaben Wunderhorn* [*A cornucópia maravilhosa do menino*] e as *Kindertotenlieder* [*Canções sobre a morte das crianças*].

Max Reger (1873-1916), compositor alemão, professor e virtuose do órgão, deu aulas desse instrumento e de composição em Leipzig de 1907 em diante e, posteriormente, regente da orquestra da corte em Meiningen. Exerceu grande influência como professor. Compôs em quase todos os gêneros: obras orquestrais, música de câmara, música para órgão e para piano, composições para coro e *lieder*. A obra orquestral mais importante de Reger é *Variações e fuga sobre um tema de Mozart* (o tema foi extraído da sonata para piano em lá maior, de Mozart, KV 331).

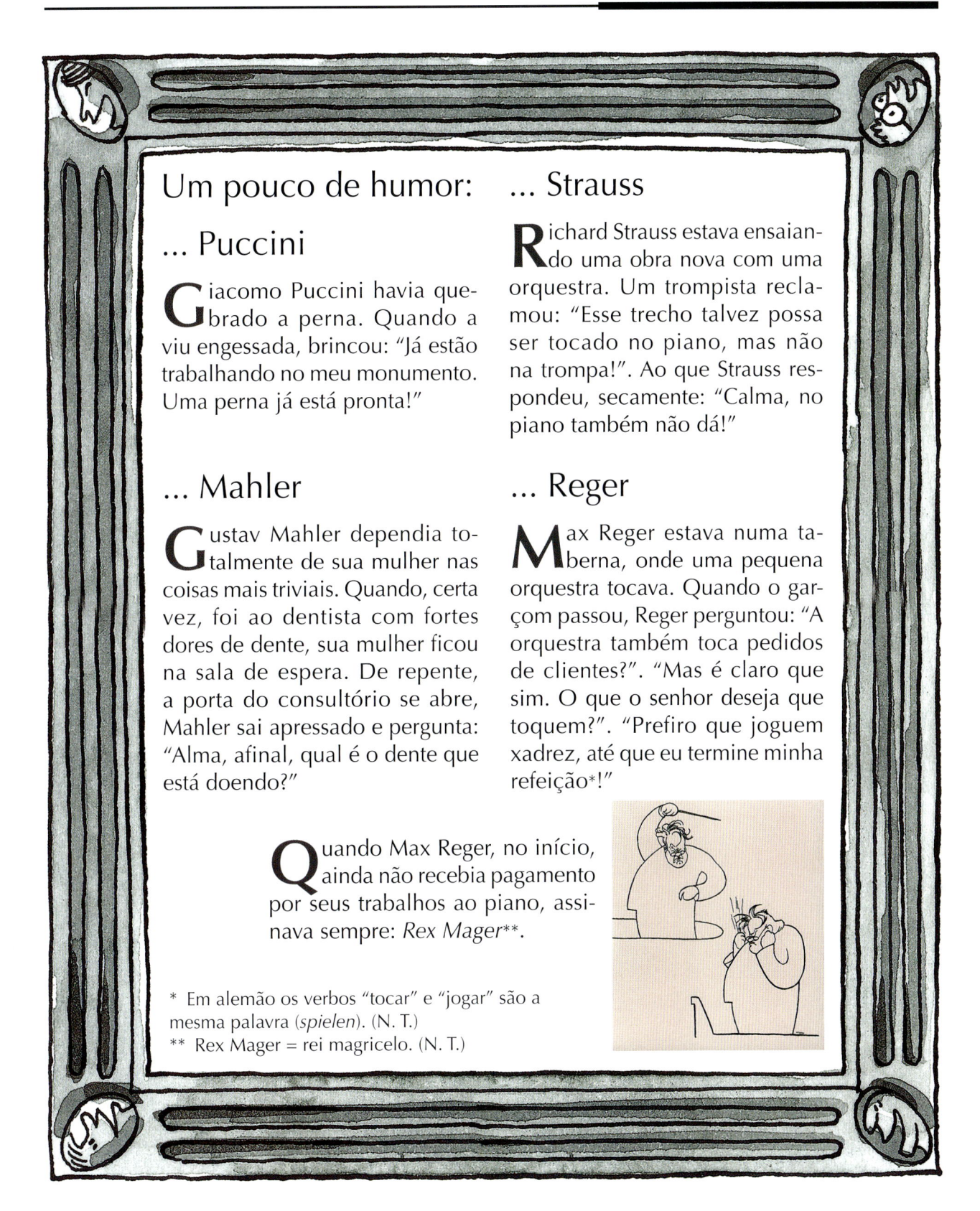

Romantismo (por volta de 1820-1900)

Um pouco de humor:

... Puccini

Giacomo Puccini havia quebrado a perna. Quando a viu engessada, brincou: "Já estão trabalhando no meu monumento. Uma perna já está pronta!"

... Mahler

Gustav Mahler dependia totalmente de sua mulher nas coisas mais triviais. Quando, certa vez, foi ao dentista com fortes dores de dente, sua mulher ficou na sala de espera. De repente, a porta do consultório se abre, Mahler sai apressado e pergunta: "Alma, afinal, qual é o dente que está doendo?"

Quando Max Reger, no início, ainda não recebia pagamento por seus trabalhos ao piano, assinava sempre: *Rex Mager***.

... Strauss

Richard Strauss estava ensaiando uma obra nova com uma orquestra. Um trompista reclamou: "Esse trecho talvez possa ser tocado no piano, mas não na trompa!". Ao que Strauss respondeu, secamente: "Calma, no piano também não dá!"

... Reger

Max Reger estava numa taberna, onde uma pequena orquestra tocava. Quando o garçom passou, Reger perguntou: "A orquestra também toca pedidos de clientes?". "Mas é claro que sim. O que o senhor deseja que toquem?". "Prefiro que joguem xadrez, até que eu termine minha refeição*!"

* Em alemão os verbos "tocar" e "jogar" são a mesma palavra (*spielen*). (N. T.)
** Rex Mager = rei magricelo. (N. T.)

Romantismo (por volta de 1820-1900)

Jogo da música: Romantismo

1. O que era característico da época do romantismo?
   a) a simplicidade
   b) a pompa
   c) o sentimento

2. Qual era o instrumento musical favorito da burguesia no século XIX?
   a) o trompete
   b) a harpa
   c) o piano

3. Os compositores utilizaram o colorido musical
   a) na fuga
   b) na música programática
   c) no órganon

4. Qual compositor pertence à época do romantismo?
   a) Camille Saint-Saëns
   b) Ludwig van Beethoven
   c) Christoph Willibald Gluck

5. Que músico foi denominado *Violinista diabólico*?
   a) Franz Liszt
   b) Niccolò Paganini
   c) Max Bruch

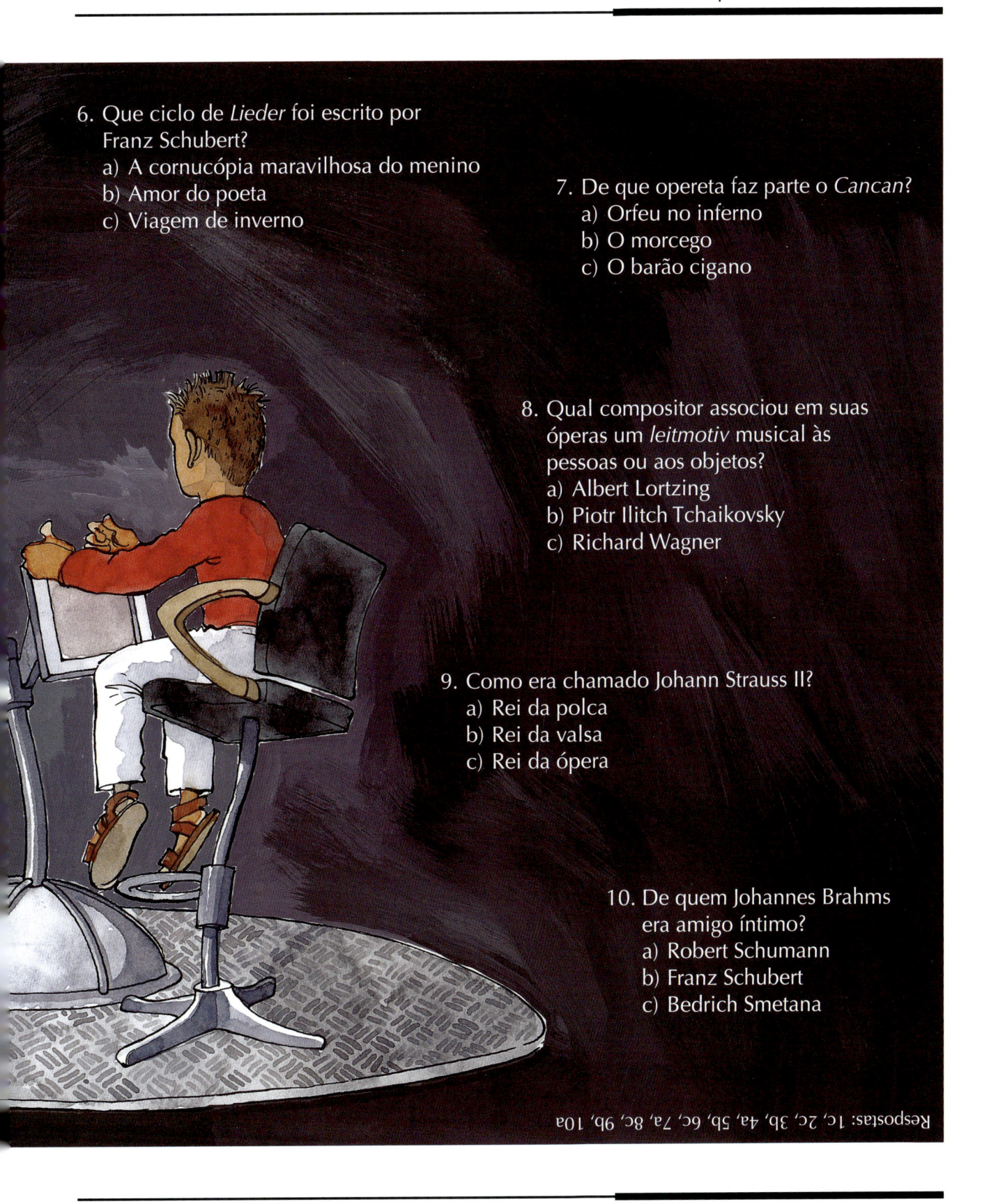

Romantismo (por volta de 1820-1900)

6. Que ciclo de *Lieder* foi escrito por Franz Schubert?
   a) A cornucópia maravilhosa do menino
   b) Amor do poeta
   c) Viagem de inverno

7. De que opereta faz parte o *Cancan*?
   a) Orfeu no inferno
   b) O morcego
   c) O barão cigano

8. Qual compositor associou em suas óperas um *leitmotiv* musical às pessoas ou aos objetos?
   a) Albert Lortzing
   b) Piotr Ilitch Tchaikovsky
   c) Richard Wagner

9. Como era chamado Johann Strauss II?
   a) Rei da polca
   b) Rei da valsa
   c) Rei da ópera

10. De quem Johannes Brahms era amigo íntimo?
    a) Robert Schumann
    b) Franz Schubert
    c) Bedrich Smetana

Respostas: 1c, 2c, 3b, 4a, 5b, 6c, 7a, 8c, 9b, 10a

Impressionismo (por volta de 1900)

Vale a pena saber sobre a música impressionista

Na história da música, o *impressionismo* é o período por volta de 1900.

O que significa o conceito "impressionista"?

O termo vem da palavra francesa *impression* e significa "impressão". Surgiu como um movimento da pintura francesa entre 1860 e 1870, e se expandiu por toda a Europa e América do Norte. O nome tem origem no quadro *Impressão, sol nascente*, de 1872, do pintor Claude Monet. Essa tela, um recorte da realidade escolhido ao acaso, é representada com grande variedade de cores. Através de uma técnica de pintura com efeito difuso, as linhas e formas são apenas sugeridas. O termo "impressionista" foi estendido também à música francesa por volta de 1900.

Compositores famosos do impressionismo

- Claude Debussy (1862-1918)
- Paul Dukas (1865-1935)
- Erik Satie (1866-1925)
- Maurice Ravel (1875-1937)
- Manuel de Falla (1876-1946)
- Ottorino Respighi (1879-1936)

Como soa a música impressionista?

A música impressionista é geralmente influenciada por impressões da natureza. Ela "desenha" musicalmente imagens suaves com sons coloridos, "flutuantes", e contornos melódicos e rítmicos pouco nítidos.

Claude Monet: *Impressão, sol nascente*, 1872

Edgar Degas: *Prima ballerina*

Impressionismo (por volta de 1900)

Claude Debussy (1862-1918), compositor francês, criou uma obra que estabelece uma ligação importante entre a música dos séculos XIX e XX. Tornou-se o criador do estilo musical impressionista. Suas principais obras são a ópera *Pelléas et Mélisande*, as obras orquestrais *Prélude à l'après-midi d'un faune* [Prelúdio ao entardecer de um fauno] e *La mer*, assim como as peças para piano *Images* e *Children's Corner*.

Um pouco de humor: Debussy

Claude Debussy trabalhava muito devagar, de modo que cada obra demandava muito tempo. Certa vez, quando recebeu uma encomenda da Metropolitan Opera de Nova York para compor uma ópera, informou-se sobre o tempo que teria à sua disposição. A resposta foi: "Até a abertura da temporada, portanto, três meses!". Debussy ficou apavorado. "Só três meses? Esse tempo eu gasto para me decidir entre dois acordes!"

Manuel de Falla (1876-1946), compositor espanhol, foi para Paris em 1907. Era amigo íntimo de Debussy e Ravel. Em sua obra, encontram-se timbres impressionistas e do folclore espanhol, como em *Noches en los jardines de España* – uma impressão sinfônica para piano e orquestra. Sua obra mais conhecida é o balé *El sombrero de tres picos*.

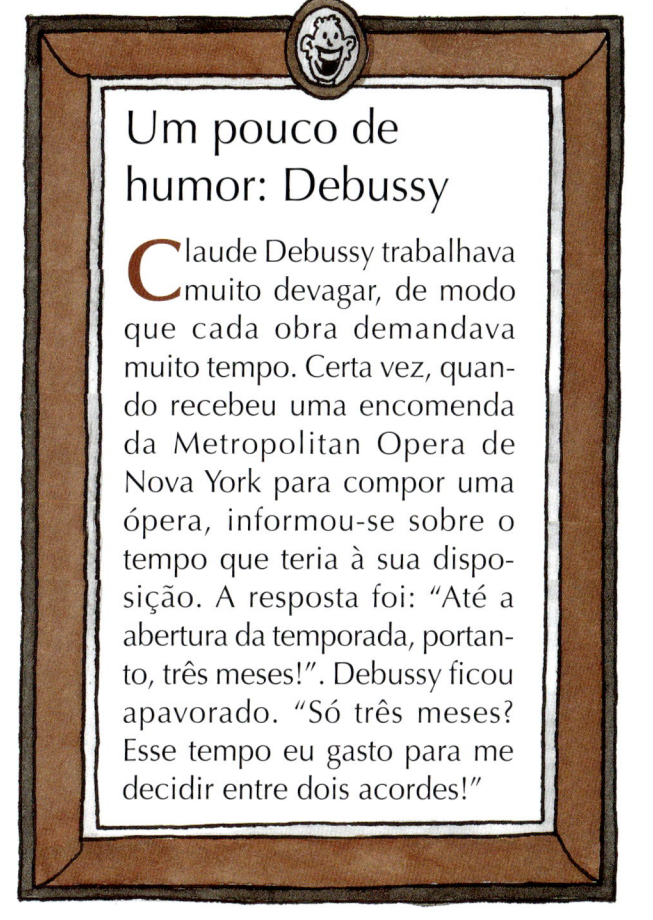

Maurice Ravel (1875-1937), compositor francês, criou, com suas obras para orquestra e piano, uma música colorida e brilhante. É, assim como Debussy, um dos mais importantes representantes do impressionismo na música. Exemplos: as peças para piano *Jeux d'eau* [Jogos d'água] e *Gaspard de la nuit*, o quarteto de cordas em fá maior e o balé *Daphnis et Chloë*. Sua obra mais famosa é o *Bolero*. Em 1922, Ravel transcreveu para orquestra o ciclo para piano *Quadros de uma exposição*, de Modest Mussorgsky.

Impressionismo (por volta de 1900)

Jogo da música: Impressionismo

1. O termo "impressionismo" vem da palavra francesa *impression* e significa:
   a) clareza
   b) impressão
   c) expressão

2. O que não é característico da música impressionista?
   a) contornos melódicos e rítmicos não definidos
   b) forma sonata
   c) sons ricos em cores, "flutuantes"

3. Quem não foi compositor do período impressionista?
   a) Claude Debussy
   b) Maurice Ravel
   c) Georges Bizet

Impressionismo (por volta de 1900)

4. Quem é o autor da obra orquestral *La mer*?
   a) Claude Debussy
   b) Manuel de Falla
   c) Erik Satie

5. Quem escreveu o famoso *Bolero*?
   a) Ottorino Respighi
   b) Paul Dukas
   c) Maurice Ravel

6. Qual compositor combinou timbres impressionistas com folclore espanhol?
   a) Isaac Albéniz
   b) Manuel de Falla
   c) Paul Dukas

Respostas: 1b, 2b, 3c, 4a, 5c, 6b

Música do século XX

Sétima viagem no tempo

Ao ouvir sobre a grande aventura de férias das crianças, a mãe de Frederico ficou bastante admirada.

– Eu também gostaria de experimentar uma coisa dessas! – suspira.

– E por que não? – diz seu marido, olhando para todos. – Pai, não poderíamos fazer uma viagem todos juntos?

O avô concorda.

– Posso escolher o destino? – a nora pergunta. – Vocês sabem que o sapateado é minha grande paixão, e eu daria tudo para ver Fred Astaire dançar!

– Oh, vovô, por favor, seria o máximo! – exclamam as crianças. – Vamos para a Broadway, em Nova York!

O avô reflete um pouco, desaparece por um tempo em seu escritório e logo depois volta, radiante, para o jardim.

– Vamos escolher o ano de 1927. Em 22 de novembro foi a estreia do musical *Funny face*, de George Gershwin, em que Fred Astaire e sua irmã Adele cantaram e dançaram. O que é que vocês acham?

Música do século XX

A sugestão foi aceita por unanimidade. Desta vez, os preparativos são menos trabalhosos, pois a avó ainda tem no sótão um monte de roupas da década de 1920, que em parte pertenceram à sua mãe. Uma ajeitadinha aqui, outra lá, e as damas já estão arrumadíssimas. Para os homens, é ainda mais fácil, já que encontram alguma coisa adequada entre as próprias roupas.

Na manhã seguinte, todos acordam cedo. Dessa vez, é a mãe de Frederico a mais entusiasmada. Quando todos estão ao lado da máquina do tempo, não é preciso lhes dizer duas vezes que têm de segurar firme nas mãos uns dos outros. No momento que o avô regula o relógio e aperta o botão de decolagem, a avó espirra forte e, sem querer, solta a mão de Frederico. A luz clara e brilhante ofusca sua visão e, quando ela reabre os olhos, sua família já sumiu.

– Ah, não, eu queria tanto viajar com eles! – murmura. De repente, percebe que na sua mão está a caixinha que o avô lhe havia confiado. – Meu Deus! Sem a caixinha, eles não conseguem voltar para o nosso tempo. O que é que eu faço? Tenho que encontrá-los, mas nunca mexi sozinha na máquina do tempo.

"Agora fique bem calma e pense!", advertiu a si mesma.

145

Música do século XX

Ela dá voltas ao redor da máquina e olha bem todos os interruptores e alavancas. Os ponteiros do relógio ainda estão, por sorte, exatamente como o avô havia regulado. "Acho que o Walter sempre aperta este botão!". Ela respira fundo, funga mais uma vez pelo nariz, que começa a coçar por causa da poeira do sótão, e, com coragem, aperta o botão...

"Ufa", pensa ela, ao se encontrar, pouco depois, entre inúmeros prédios. "Mas onde está minha família?"

Logo depois da aterrissagem em Nova York, todos notam a falta da avó. Mas não têm tempo para pensar, porque um carrão antigo passa por eles voando e cantando os pneus, perseguido por outro, com um homem pendurado para fora, atirando com uma metralhadora. Antes que tomem um tiro, o avô puxa todos para a entrada de uma garagem.

Música do século XX

– Puxa – geme Clara. – Esqueci totalmente que a gente estaria na época dos gângsteres!

– Venham, escondam-se! – sussurra o pai de Frederico, empurrando sua mulher para trás de um monte de pneus velhos. Uma caminhonete de entrega de sorvete, aparentemente inofensiva, entra na garagem. Quando para, descem três homens. Um fecha o portão da garagem, enquanto os outros descarregam várias caixas com garrafas de aguardente.

– Estamos bem no meio da lei seca – diz o avô, sibilando. – O consumo, a venda e o comércio de bebida alcoólica estão proibidos por lei nos EUA. Mas quando alguma coisa é proibida, procuram-se outros caminhos para consegui-la. O negócio dos gângsteres vai de vento em popa, como vocês estão vendo. E agora, como vamos sair daqui?

Música do século XX

Isso logo se resolve, pois a caminhonete já está vazia e os homens entram na casa.

– Vamos cair fora – diz Frederico, abrindo o portão da garagem. Todos correm por alguns quarteirões.

– Estou ouvindo música – diz Clara.

O avô olha a placa da rua:

– Rua 28, esquina com a 5ª Avenida. Estamos na *Tin Pan Alley*. É a rua onde muitos editores musicais têm suas empresas. Eles contratam os chamados *song pluggers*. São músicos que tocam *songs*, canções, ao piano para os interessados do *show-business*: cantores, dançarinos, músicos e maestros que desejam comprar as músicas ou os direitos sobre elas. Um dos *song pluggers* mais famosos foi George Gershwin, que já apresentava *songs* aos 15 anos e, mais tarde, se tornou um compositor famoso.

– Por que a rua se chama *Tin Pan Alley*? – pergunta Frederico.

– *Tin Pan Alley* significa exatamente: *Beco das Frigideiras de Latão*. Um jornalista que escreveu uma vez um artigo sobre a rua teve a impressão, após ouvir uma apresentação num piano velho e com som metálico, de que a música soava como se fosse tocada numa frigideira. E assim a rua recebeu esse apelido – conta o pai de Frederico.

Eles passam por uma livraria. Na vitrine, está afixado um grande cartaz, no qual se vê um avião feito de lona. Está escrito: *Charles Lindberg – o primeiro a voar sozinho sobre o Atlântico, de Nova York para Paris em 33,5 horas entre 20 e 21 de maio de 1927.*

Música do século XX

– Eu queria ter voado com ele – diz Frederico.

– Então ele não teria voado sozinho! – retruca Clara, toda sabida.

– Venham, crianças, temos que correr se quisermos arrumar os ingressos para o show *Funny face*. Vamos apressar o passo, por favor. Li no jornal que hoje é realmente o dia 22 de novembro, o dia da estreia. O *Alvin Theatre* fica na rua 52. Tomara que a vovó esteja bem. Certamente ela está tomando um café no jardim, brava por não ter vindo com a gente – diz o avô.

A avó vai bem. Ela realmente está tomando um café – mas não no seu jardim. Bem-disposta, está sentada no *Cotton Club* de Nova York, ouvindo a banda de 12 músicos do famoso jazzista Duke Ellington que, no momento, está tocando *The creole love call*. "Pena que os outros não estejam aqui agora", pensa, e toma um outro gole. E fica espantada: o café tem, na verdade, um gosto de bebida alcoólica!

"Café com bebida alcoólica... tomara que a polícia não dê uma batida agora. Como é que vou explicar que eu queria na verdade um cafezinho puro? Além disso, tenho que sair para achar minha família." Ela se informa sobre o caminho até o Alvin Theatre e aceita, sem pestanejar, o convite de um simpático senhor, que lhe oferece carona até lá.

Música do século XX

– Não é problema nenhum para mim conseguir ingressos – diz calmamente o solícito cavalheiro para a avó. – Toda a cidade conhece o Signor Garano.

E então a avó sente um frio na barriga. "Não é um conhecido chefe da Máfia?", pensa. Mas o carro já está andando. No caminho, ela vê na rua um menino que tem os cabelos iguais aos de Frederico. E lá está Clara também – mas o carro passa muito rapidamente por eles. Assim, ela continua a conversar educadamente e começa até a achar graça no fato de estar no carro de um gângster tão atencioso com ela. A avó conta para ele que é da Baviera, no sul da Alemanha, e que vai para a Itália todos os anos, porque ama aquele país. Então Signor Garano fica muito comovido e escuta tudo sobre sua querida pátria. Quando a avó termina seu relato, o automóvel chega à frente do teatro. O chefe dos gângsteres mostra-se muito gentil e a ajuda a descer do carro, justamente no momento que o avô também está chegando ao teatro junto com os outros.

– Martha! – chama, surpreso, e também um pouco enciumado. – Pensei que estivesse em casa. – E num tom um pouco mais baixo: – Você não pode ficar um minuto sozinha!

A avó, bastante aliviada por ter localizado sua família tão depressa, apresenta os dois senhores, que se medem da cabeça aos pés. Quando o avô fala com Signor Garano num italiano perfeito, é claro que ganha a simpatia dele. Apenas um sinal com as mãos e logo chega um mensageiro do italiano com seis ingressos na mão.

– Deem lembranças à minha pátria quando forem para a Itália da próxima vez – diz, entrando em seu automóvel.

Música do século XX

– Vovó, de onde é que a senhora está vindo? – pergunta Clara, abraçando a velha senhora.

– Explico para vocês depois que acharmos nossos lugares, porque o show vai começar logo! – diz ela, empurrando a família pela entrada principal.

Os lugares são bons e eles conseguem enxergar George Gershwin, que parece estar bem nervoso.

– Ele nem precisa ficar assim – explica o avô. – O musical será um grande sucesso. Ainda haverá 244 apresentações.

Finalmente a cortina se abre e eles veem um jovem, fantástico dançarino – Fred Astaire –, que apresenta um sapateado solo brilhante com a música *High hat*. Depois da apresentação, quando estão andando pelas ruas de Nova York, a mãe de Frederico não para de cantar a canção *'S wonderful* – e acha igualmente maravilhosa a viagem no tempo.

– Gershwin compôs músicas fenomenais! – diz Frederico.

– É – confirma o pai dele. – Além de inúmeras canções, ele é autor de obras importantes, como o musical *Lady be good* e a ópera *Porgy and Bess*. Com sua *Rhapsody in blue*, nasceu o jazz sinfônico. Seus *Concerto para piano em fá* e *Um americano em Paris* também ficaram muito famosos.

– Gershwin, que era amigo de muitos compositores famosos, como Schoenberg, Ravel, Stravinsky, Rachmaninov e Lehár, foi o primeiro que combinou música erudita e jazz – acrescenta o avô.

Já tinha ficado tarde e o momento da viagem de volta se aproximava.

– Onde é que enfiei a caixinha da viagem de volta? – o avô fica nervoso. A avó ainda deixa que ele sofra um pouquinho, antes de tirar a caixinha de sua bolsa.

– Você tinha me dado em casa... Acho que estamos ficando velhos para estas aventuras! – diz ela, antes de todos partirem. Logo depois, aterrissam em segurança no sótão.

– Você acha que nós deveríamos...? – pergunta para o avô.

– Acho que você tem razão – diz ele, olhando para o filho. – Vocês querem ficar com a máquina do tempo? Quando o filho concorda com a cabeça, Frederico é o mais radiante de todos...

151

Música do século XX

Vale a pena saber sobre a música do século XX

O século XX produziu uma enorme quantidade de estilos musicais. Basicamente, podem-se distinguir duas grandes vertentes: de um lado, a continuação da música clássica europeia – a chamada *Música Nova* –, e, de outro, o *jazz* e o que ficou conhecido como *pop-rock*. Naturalmente, as obras dos antigos mestres que foram mencionados até aqui continuam a ser executadas e apreciadas em todo o mundo.

A orquestra do século XX

A formação da orquestra no século XX é muito variada, sendo determinada pelas instruções de cada compositor. Em comparação com a orquestra do romantismo, expandiu-se especialmente a seção de percussão. Há também bastante liberdade na combinação de instrumentos.

Além disso, surgiram no século XX as grandes e pequenas orquestras de salão para entretenimento e a orquestra de jazz.

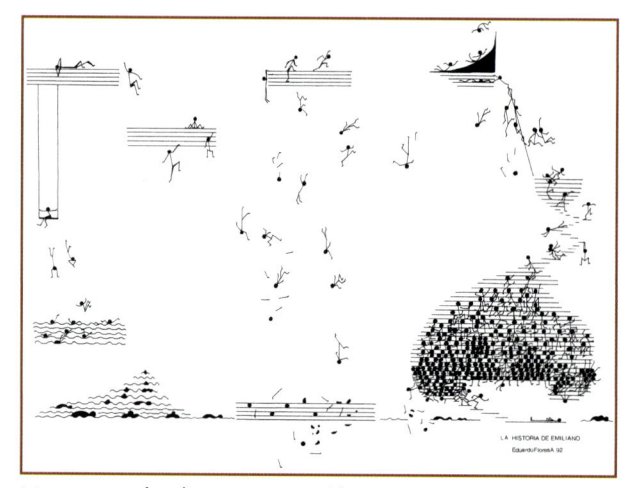

O que é característico da Música Nova?

A Música Nova surgiu aos poucos a partir da música do romantismo tardio e do impressionismo. Nela se buscou o desenvolvimento de novos estilos, bem como o estabelecimento de regras completamente diferentes daquelas de períodos precedentes (barroco, classicismo, romantismo). Isso produziu sons e técnicas de composição incomuns.

A Música Nova apresenta, de um lado, princípios rígidos de ordem (vide *dodecafonismo*), mas, por outro lado, também deixa clara uma preferência por formas abertas, para o espontâneo e experimental. Em algumas correntes, as notas não são mais escritas de forma tradicional, mas sim graficamente.

Um exemplo de notação gráfica.

Correntes da Música Nova

- Expressionismo
- Neoclassicismo
- Dodecafonismo
- Serialismo
- Música aleatória
- Música eletrônica

No século XX, não apenas os compositores, mas também os pintores, procuravam novas possibilidades de expressão e criaram, em parte, uma arte muito abstrata. Este quadro de Vassily Kandinsky (de 1911) surgiu provavelmente como impressão de um concerto de Schoenberg que o havia comovido muito.

Música do século XX

Um pouco de humor: um compositor da Música Nova

Um compositor da Música Nova recebeu um relógio de pulso de ouro de seu editor. O compositor reclamou, pouco tempo depois: "Infelizmente o relógio não funciona". Ao que o editor respondeu: "Suas composições também não!".

Arnold Schoenberg (1874-1951), compositor austríaco, desenvolveu o dodecafonismo em 1921. Antes de se dedicar à nova técnica de composição, ele era adepto do estilo romântico tardio. Schoenberg escreveu obras orquestrais, concertos, música de câmara (como *Noite transfigurada*), *lieder*, obras corais (como as *Gurrelieder*), óperas (por exemplo, *Moses und Aron* [*Moisés e Arão*]) e música para piano (por exemplo, as peças para piano op. 11 e op. 19 e a suíte op. 25).

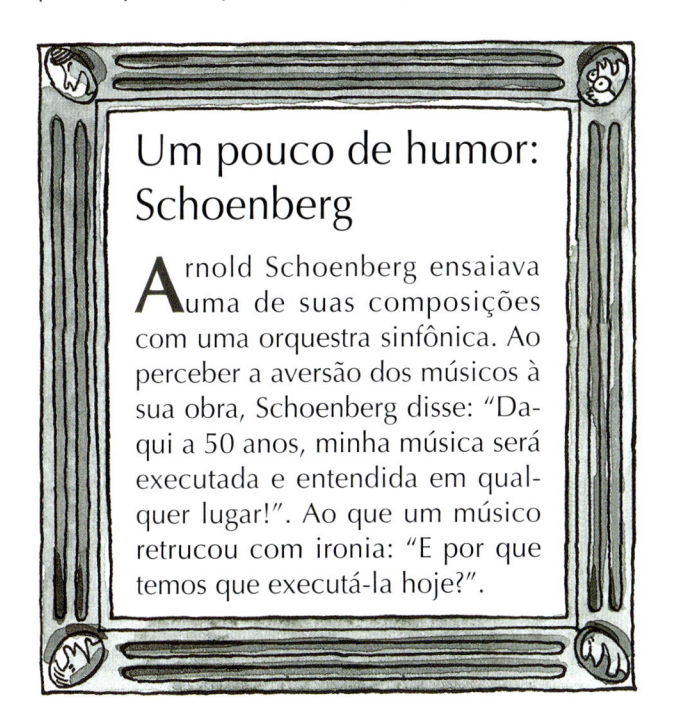

O que significa dodecafonismo?

Cada composição dodecafônica tem como base o que se chama de *série*, na qual aparecem todas as 12 notas da escala musical cromática (dó, dó sustenido, ré, ré sustenido, mi, fá, fá sustenido, sol, sol sustenido, lá, lá sustenido, si); nenhuma nota pode ser repetida. Essa série, na qual todas as notas têm igual importância, é desenvolvida na composição de acordo com determinadas regras.

Compositores famosos da Música Nova

- Arnold Schoenberg (1874-1951)
- Béla Bartók (1881-1945)
- Igor Stravinsky (1882-1971)
- Alban Berg (1885-1935)
- Paul Hindemith (1895-1963)
- John Cage (1912-1992)
- Benjamin Britten (1913-1976)
- György Ligeti (1923-2006)
- Pierre Boulez (*1925)
- Hans Werner Henze (*1926)
- Karlheinz Stockhausen (1928-2008)
- Mauricio Kagel (1931-2008)
- Krzysztof Penderecki (*1933)
- Wolfgang Rihm (*1952)

Um pouco de humor: Schoenberg

Arnold Schoenberg ensaiava uma de suas composições com uma orquestra sinfônica. Ao perceber a aversão dos músicos à sua obra, Schoenberg disse: "Daqui a 50 anos, minha música será executada e entendida em qualquer lugar!". Ao que um músico retrucou com ironia: "E por que temos que executá-la hoje?".

153

Música do século XX

Igor Stravinsky (1882-1971), compositor russo, é um dos mais importantes representantes da Música Nova.
Sua extensa obra mostra influências bem diversas e, por isso, não pode ser enquadrada em apenas um único estilo. Seus trabalhos mais famosos são os balés *O pássaro de fogo*, *Petrushka*, *A sagração da primavera* e *Pulcinella*, assim como a ópera-oratório *Édipo rei*, a *Sinfonia dos salmos* e o Concerto para violino em ré.

Um pouco de humor: Stravinsky

Igor Stravinsky havia composto uma música para uma produção da Broadway. O empresário enviou ao compositor, ausente, o seguinte telegrama: "Sua música grande sucesso – ponto – poderia ser sucesso sensacional com alterações instrumentais – ponto". Stravinsky respondeu: "Grande sucesso já me deixa satisfeito."

Sergei Prokofiev (1891-1953), compositor russo, escreveu inúmeros balés, óperas, obras orquestrais, concertos para solista, música para piano e de câmara, obras corais e canções. Exemplos conhecidos da obra de Prokofiev são o balé *Romeu e Julieta*, a ópera *O amor das três laranjas*, a *Sinfonia clássica* e, especialmente, a composição infantil *Pedro e o lobo*.

Paul Hindemith (1895-1963), compositor alemão, violista e professor de composição, viveu na Alemanha, em Ancara, Turquia, nos EUA e na Suíça. Combinou estilo antigo com a sensação de vida moderna. Em sua obra pianística *Ludus tonalis*, retoma, com a fuga, uma forma barroca; outros trabalhos apresentam atonalidade radical. Hindemith escreveu obras de quase todos os gêneros, entre elas, as óperas *Cardillac* e *Mathis der Maler* [*Mathias, o pintor*], assim como música instrumental e vocal para jovens, e a composição infantil *Wir bauen eine Stadt* [*Construímos uma cidade*].

Música do século XX

Outros compositores famosos do século XX

- Leos Janácek (1854-1928)
- Edward Elgar (1857-1934)
- Alexander Glazunov (1865-1936)
- Jean Sibelius (1865-1957)
- Erik Satie (1866-1925)
- Hans Pfitzner (1869-1949)
- Franz Léhar (1870-1948)
- Sergei Rachmaninov (1873-1943)
- Gustav Holst (1874-1934)
- Robert Stolz (1880-1975)
- Emmerich Kálmán (1882-1953)
- Zoltán Kodály (1882-1967)
- Edgar Varèse (1883-1965)
- Bohuslav Martinu (1890-1959)
- Jacques Ibert (1890-1962)
- Sergei Prokofiev (1891-1953)
- Arthur Honegger (1892-1955)
- Darius Milhaud (1892-1974)
- Carl Orff (1895-1982)
- George Gershwin (1898-1937)
- Kurt Weill (1900-1950)
- Aaron Copland (1900-1990)
- Werner Egk (1901-1983)
- Joaquín Rodrigo (1901-1999)
- Aran Katchaturian (1903-1978)
- Dimitri Shostakovitch (1906-1975)
- Olivier Messiaen (1908-1992)
- Harald Genzmer (1909-2007)
- Cesar Bresgen (1913-1988)
- Witold Lutoslawski (1913-1994)
- Isang Yun (1917-1990)
- Bernd Alois Zimmermann (1918-1970)
- Leonard Bernstein (1918-1990)
- Luigi Nono (1924-1990)
- Luciano Berio (1925-2003)
- Karlheinz Stockhausen (1928-2008)
- Petr Eben (1929-2007)
- Alfred Schnittke (1934-1998)

Carl Orff (1895-1982), compositor e pedagogo alemão, escreveu a chamada *Orff-Schulwerk*, uma coletânea de peças com as quais as crianças podem vivenciar, ludicamente, música, ritmo e movimentos. Instrumentos como xilofone, *glockenspiel*, tamborim, tímpano, pratos etc. desempenham um papel muito importante nessa composição. A obra mais famosa de Orff chama-se *Carmina burana* (incluindo *Oh, fortuna*). São também conhecidos são também seus contos maravilhosos musicados *Die Kluge* [A esperta] e *Der Mond* [A lua].

Hans Werner Henze (*1926), compositor alemão, utiliza em suas composições elementos de quase todas as correntes da Música Nova. O ponto central da obra de Henze é o teatro musical (como *König Hirsch* [Rei Hirsch], *Der Prinz von Homburg* [O príncipe de Homburg], *Der junge Lord* [O jovem lorde] e a ópera infantil *Pollicino*) e obras de concerto (sinfonias, concertos para piano e violino). Além disso, compôs balés, música de câmara, música coral e peças para piano.

Música do século XX

Pequena história do jazz

O jazz surgiu no final do século XIX, nos EUA, depois da abolição da escravatura, quando os negros não tinham mais que trabalhar para os senhores brancos. Muitos negros encontraram trabalho nas cidades e tiveram contato com a música e os instrumentos dos brancos. Com frequência, eles compravam instrumentos baratos de antigas bandas militares e, assim, fundaram as primeiras *Marching Bands*, que desfilavam pelas ruas e se apresentavam em funerais e festas. A música era uma mistura de *negro spiritual* (cantos religiosos), *blues* e *música dos brancos*, portanto se desenvolveu a partir do encontro de músicas africana e europeia. Inicialmente, o centro do jazz foi Nova Orleans.

No início do século XX, os músicos brancos começaram a imitar a música dos negros, que foi ficando cada vez mais variada. Surgiram estilos de jazz, como *dixieland*, *swing* ou *free jazz*. Muito importante no jazz é a improvisação.

Algumas características do jazz

- *Hot intonation*: entonação rouca, propositalmente pouco límpida, carregada de emoção ao cantar e tocar.
- *Off beat*: ênfase rítmica que foge do compasso regular.
- Canto responsorial: alternância do canto entre cantor solo e coro, em moldes africanos.
- Improvisação: música criada na hora.

Os estilos jazzísticos mais importantes

- Jazz de Nova Orleans
- Dixieland
- Swing
- Bebop
- Cool jazz
- Free jazz
- Hard bop
- Jazz rock
- Música fusion

Músicos de jazz famosos

- Bessie Smith (1898-1937)
- Duke Ellington (1899-1974)
- Louis Armstrong (1900-1971)
- Glenn Miller (1904-1944)
- Count Basie (1904-1984)
- Benny Goodman (1909-1986)
- Billie Holiday (1915-1959)
- Dizzy Gillespie (1917-1993)
- Ella Fitzgerald (1917-1996)
- Charlie Parker (1920-1955)
- Oscar Peterson (1925-2007)
- Miles Davis (1926-1991)
- Joe Zawinul (1932-2007)
- Herbie Hancock (*1940)
- Chick Corea (*1941)
- Keith Jarrett (*1945)
- Pat Metheney (*1954)

Louis Armstrong (1900-1971), chamado de *Satchmo*, foi certamente o mais famoso trompetista de jazz de todos os tempos. Aprendeu a tocar trompete num reformatório. Aos 17 anos, já era membro de diversas bandas de jazz de sua cidade natal, Nova Orleans. No começo de sua carreira, tocava corneta de pistões, um instrumento semelhante ao trompete; em 1925, passou a tocar esse outro instrumento. O *rei do jazz* deixou gravações de músicas inesquecíveis: *Hello Dolly*, *What a wonderful world*, *High society*, *When the saints go marching in* e *C´est si bon*.

Música do século XX

Como surgiu o musical?

O musical, abreviação de *musical comedy* ou *musical play*, é uma forma de teatro musical do século XX. Surgiu da mistura dos folclores americano e europeu, elementos jazzísticos e de rock, opereta e teatro de revista. Marcam os musicais as canções populares, *ensembles*, coros, danças, diálogos falados e efeitos. Os musicais mais famosos foram produzidos e estreados na Broadway, em Nova York, a partir da década de 1920.

Compositores célebres de musicais são George Gershwin (*Lady be good*), Irving Berlin (*Annie get your gun*), Cole Porter (*Kiss me, Kate*), Frederick Loewe (*My fair lady*), Leonard Bernstein (*West Side story*), Jerry Herman (*Hello Dolly*), John Kander (*Cabaret*), Marvin Hamlisch (*A chorus line*) e Andrew Lloyd Webber (*Cats, O fantasma da Ópera*).

Geralmente, o musical não é apresentado nos grandes palcos, mas em casas de espetáculos especialmente construídas para isso, e têm finalidade comercial: com custos de produção geralmente muito altos, o sucesso depende da bilheteria.

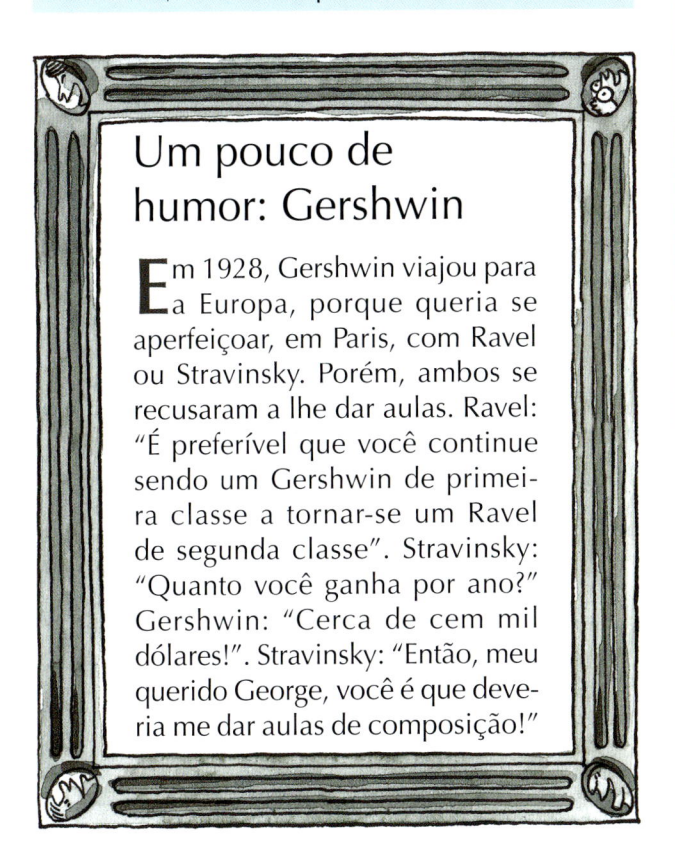

George Gershwin (1898-1937), compositor norte-americano, compôs musicais, teatros de revista, canções e músicas para dança. Aos 16 anos, já tocava na *Tin Pan Alley*, a rua número 1 em entretenimento em Nova York. Com algumas canções, conseguiu chegar rapidamente ao teatro da Broadway. As letras de suas músicas eram frequentemente escritas por seu irmão, Ira. Entre suas obras instrumentais, destacam-se a *Rhapsody in blue*, o *Concerto em fá* e *Um americano em Paris*. Com *Porgy and Bess* (incluindo a canção *Summertime*), ambientada no mundo dos negros norte-americanos, Gershwin criou a mais importante ópera norte-americana do século XX.

Um pouco de humor: Gershwin

Em 1928, Gershwin viajou para a Europa, porque queria se aperfeiçoar, em Paris, com Ravel ou Stravinsky. Porém, ambos se recusaram a lhe dar aulas. Ravel: "É preferível que você continue sendo um Gershwin de primeira classe a tornar-se um Ravel de segunda classe". Stravinsky: "Quanto você ganha por ano?" Gershwin: "Cerca de cem mil dólares!". Stravinsky: "Então, meu querido George, você é que deveria me dar aulas de composição!"

Quando as imagens aprenderam a se movimentar

Na época do cinema mudo (entre 1900 e 1930), era comum improvisar um acompanhamento musical ao piano durante a apresentação de um filme, com ruídos de fundo. Apenas salas maiores possuíam um órgão de cinema ou mesmo uma orquestra. Havia ainda compositores que compunham música para os filmes mudos.

Por volta de 1930, quando o cinema falado reprimiu o cinema mudo, chegou a vez da composição musical para cinema. Os compositores escreviam a obra especialmente para um filme e a gravavam com orquestra (mais tarde com sintetizador). As músicas de filmes, principalmente as músicas-tema, são vendidas hoje em CDs como trilhas sonoras.

Alguns compositores famosos de trilhas sonoras são Henry Mancini (*A Pantera cor-de-rosa*, *Bonequinha de luxo*, com a canção *Moon river*), Francis Lai (*Love story*), Maurice Jarre (*Doutor Jivago*), Ennio Morricone (*Era uma vez no oeste*), Hans Zimmer (*A casa dos espíritos*), James Horner (*Titanic*), Alan Menken (*O corcunda de Notre Dame, A bela e a fera*) e John Williams (*Guerra nas estrelas, Esqueceram de mim, Jurassic park*).

Música do século XX

Breve história do rock

O rock começou nos anos 1950, continuou a evoluir e é popular até hoje. No início, com Chuck Berry, Bill Haley, Elvis Presley, Little Richard e Jerry Lee Lewis, era mais conhecido como *rock'n'roll*. The Beatles, The Kinks, The Beach Boys marcaram época nos anos 1960. Na década seguinte, as letras das músicas criticavam o comportamento político e social.

No início, o rock orientava-se mais pela guitarra; hoje, o teclado pode ser um parceiro importante. Uma banda de rock utiliza, principalmente, guitarras elétricas, baixo, teclado e, naturalmente, bateria – tudo num volume ensurdecedor.

Os estilos de rock mais importantes

- Classic rock
- Folk rock
- Funk
- Hard rock
- Heavy metal
- Jazz rock
- Acid rock
- Punk rock
- Soft rock

Músicos e bandas de rock famosos

- Jimi Hendrix (1942-1970)
- Joe Cocker (*1944)
- Eric Clapton (*1945)
- Bryan Adams (*1959)
- The Rolling Stones (formada em 1962)
- Pink Floyd (formada em 1965)
- Scorpions (formada em 1965)
- Santana (formada em 1967)
- Led Zeppelin (formada em 1968)
- Deep Purple (formada em 1968)
- Queen (formada em 1970)
- AC/DC (formada em 1974)
- Metallica (formada em 1981)
- Bon Jovi (formada em 1983)
- Nirvana (formada em 1987)

Bon Jovi (formada em 1983)

Deep Purple (formada em 1968) é uma banda de *hard rock* da primeira fase; é um dos melhores grupos produzidos pelo rock. Seus maiores sucessos são *Black night*, *Strange kind of woman*, *Smoke on the water* e *Child in time*.

Música do século XX

Músicos e grupos pop famosos

- Tina Turner (*1939)
- Paul McCartney (*1942)
- Elton John (*1947)
- Stevie Wonder (*1950)
- Phil Collins (*1951)
- Michael Jackson (1958-2009)
- Madonna (*1958)
- The Beatles (formado em 1962)
- Whitney Houston (*1963)
- The Bee Gees (formado em 1967)
- Mariah Carey (*1970)
- Abba (formado em 1972)
- Eminem (*1972)
- Robbie Williams (*1974)
- The Kelly Family (formado em 1980)
- Christina Aguilera (*1980)
- Britney Spears (*1981)
- The Backstreet Boys (formado em 1995)
- The Spice Girls (formado em 1996)
- No Angels (formado em 2001)

Robbie Williams (1974) foi membro do bem-sucedido grupo *Take That* até 1995. Em 1996, começou uma surpreendente carreira solo. Hoje, é um dos ícones da música pop internacional. Seus maiores sucessos são: *Angels, No regrets, She's the one, Eternity, Feel* e *Come undone*.

Michael Jackson (1958-2009), que começou sua carreira com os irmãos no grupo *Jackson Five*, gravou sozinho a partir de 1971 e, aos poucos, tornou-se o rei do pop. Seus maiores sucessos são: *Billy Jean, Beat it, Black or white, I just can't stop loving you, Heal the world, They don't care about us* e *Earth song*.

O que é música pop?

Música pop é a abreviação de música popular, ou seja, que agrada a muitas pessoas. Entende-se por pop a música de entretenimento e de sucesso. Ela se desenvolveu a partir dos anos 1960, especialmente na Inglaterra e nos Estados Unidos, e sua raiz é o rock'n'roll. Hoje estão na moda gêneros como *rap, hip-hop e tecno*.

A característica principal dessa música é sua intensa comercialização pela indústria musical internacional.

Em todos os âmbitos da história da música, há, logicamente, outras correntes, estilos e compositores que, por motivos de espaço e pelo caráter da obra, não puderam ser mencionados aqui.

Música do século XX

Jogo da música: Século XX

1. Qual escala musical é utilizada no dodecafonismo?
   a) escala maior
   b) escala menor
   c) escala cromática

2. Que compositor não pertence à Música Nova?
   a) Paul Hindemith
   b) Gustav Mahler
   c) Hans-Werner Henze

3. Quem compôs *Pedro e o lobo*?
   a) Sergei Prokofiev
   b) Edward Elgar
   c) Igor Stravinsky

4. Como se chamavam as bandas que, nos primórdios do jazz, desfilavam pelas ruas tocando?
   a) jazz bands
   b) marching bands
   c) swinging bands

5. Que estilo musical não faz parte do jazz?
   a) bebop
   b) música aleatória
   c) Dixieland

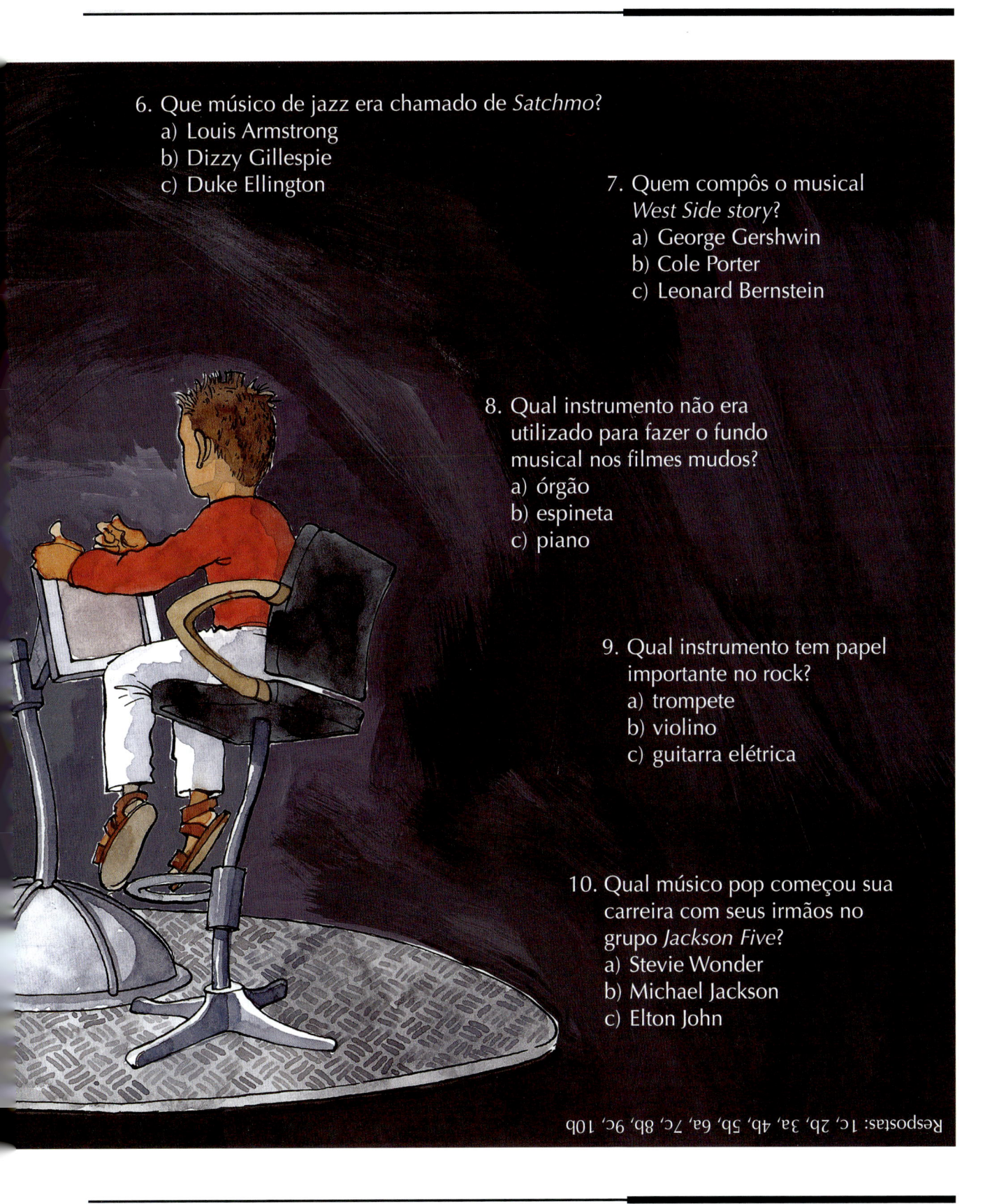

Música do século XX

6. Que músico de jazz era chamado de *Satchmo*?
   a) Louis Armstrong
   b) Dizzy Gillespie
   c) Duke Ellington

7. Quem compôs o musical *West Side story*?
   a) George Gershwin
   b) Cole Porter
   c) Leonard Bernstein

8. Qual instrumento não era utilizado para fazer o fundo musical nos filmes mudos?
   a) órgão
   b) espineta
   c) piano

9. Qual instrumento tem papel importante no rock?
   a) trompete
   b) violino
   c) guitarra elétrica

10. Qual músico pop começou sua carreira com seus irmãos no grupo *Jackson Five*?
    a) Stevie Wonder
    b) Michael Jackson
    c) Elton John

Respostas: 1c, 2b, 3a, 4b, 5b, 6a, 7c, 8b, 9c, 10b

Música dos povos

Uma história interessante

– Frederico, minha família está chegando! – exclama Clara, indo ao encontro do automóvel que, devagar, vai parando na entrada da casa. Radiante, ela cai nos braços dos pais, depois de girar o irmãozinho no ar. Após os cumprimentos, há muito o que contar.

– Vamos todos para o festival folclórico! – a avó se apressa a dizer. – Se não formos logo, certamente vamos perder o melhor da festa.

Ninguém queria perder isso, claro, e assim todos se puseram a caminho da praça do mercado, felizes e conversando.

De longe já se ouve uma música de sopro tradicional. Sobre um tablado, um grupo folclórico apresenta uma dança típica do sul da Alemanha, chamada *Schuhplattler*.

Música dos povos

– Também quero aprender isso – diz Clara, quando observa os rapazes que batem as mãos ritmicamente nas coxas, panturrilhas e nas solas dos sapatos. – Mas nessa dança as meninas só têm que dar voltas – reclama.

– Muitos músicos e dançarinos de todas as partes do mundo ainda vão apresentar suas habilidades – anuncia a avó.

E ela não prometeu demais: um grupo de flamenco da Espanha fascina os espectadores com sua apresentação, dançarinos italianos de tarantela se exibem, um coral russo canta e uma pequena orquestra da Hungria se diverte com uma fogosa czarda.

Música dos povos

– Além da música erudita europeia, existiu e existe uma infinidade de músicas dos povos, ou folclórica, como se diz – explica o avô, que estica o pescoço quando algumas dançarinas de dança do ventre sobem ao tablado. – Acho que música é um dos maiores bens do ser humano!
– E nem é mais preciso viajar para outros países para conhecer música estrangeira! – acrescenta a mãe de Clara, que logo começa a balançar o quadril ao som dos tambores árabes.

Música dos povos

Só quando escurece é que eles voltam para casa.

– Foi uma tarde genial! – diz Frederico, entusiasmado. – Nem consigo dizer do que mais gostei: o músico indiano que tocou cítara ou a orquestra indonésia de gamelão ou...

– Achei as danças hula-hula havaianas muito legais! – diz Clara. – E sabe, Frederico, as danças irlandesas me lembraram os números geniais de sapateado do Fred Astaire. Não paro de pensar em nossa aventura em Nova York...

– Aventura em Nova York? – interrompe o pai de Clara. – Eu gostaria muito de saber do que vocês estão falando...

Índice remissivo

Abba, 159
AC/DC, 158
Acid rock, 158
Adagietto, 136
Adams, Bryan, 158
Agnus Dei, 50
Aguilera, Christina, 159
Aida, 127
Akhenaton, 26, 30, 38
Alaúde, 29, 31, 34, 36, 49, 50, 52, 53, 60, 61, 62, 64, 65, 76, 79
Alaúde renascentista, 60, 64
Albéniz, Isaac, 120, 143
Albrecht V (duque), 63
Álbum infantil, 131
Álbum para a juventude, 123
Alemanda, 78
Alvin Theatre, 149
Am Brunnen vor dem Tore, 122
Amenófis IV (faraó), 26, 30
Americano em Paris, Um, 157
Amor das três laranjas, O, 154
An die ferne Geliebte, 108
Anel dos Nibelungos, O, 128
Anfiteatro, 37, 39
Angels, 159
Annie Get Your Gun, 157
Apito de falange, 16
Apolo, 35, 36, 39
Appoggiatura, 76
Arco musical, 16, 19
Arezzo, Guido de, 54
Ária, 84
Ariadne em Naxos, 136
Aristarco de Samos, 59
Aristóteles, 35
Arlésienne, L´, 134
Armstrong, Louis, 156, 161
Ars antiqua, 50, 51, 55
Ars nova, 50, 51, 55
Arte da fuga, A, 84
Assírios, 29
Astaire, Adele, 144
Astaire, Fred, 144, 151, 165
Aufforderung zum Tanz (Convite à dança), 120
Aulo, 28, 35, 36, 37
Ave-Maria, 122

Babilônios, 29, 59
Bach, Carl Philipp Emanuel, 102, 103, 111
Bach, Johann Christian, 102
Bach, Johann Christoph Friedrich, 102
Bach, Johann Sebastian, 80, 84, 89, 103, 111
Bach, Wilhelm Friedemann, 76, 84, 102
Backstreet Boys, The, 159
Baixo, 158
Baixo contínuo (Basso continuo), 76, 79, 88
Balada, 50, 126
Ballet de la nuit, 72
Ballo in maschera, Un, 127
Balzac, Honoré de, 126
Bandas militares, 156
Barão cigano, O, 130, 139
Bárbitos, 29
Barcarola, 134
Barroco, 68, 69, 76, 78, 79, 80, 82, 86, 88, 89, 100, 110, 152
Bartók, Béla, 153
Basie, Count, 156
Basse danse, 62
Bastões sonoros, 29
Bateria, 158
Beach Boys, The, 158
Beat It, 159
Beatles, The, 158, 159
Bebop, 156, 160
Bee Gees, The, 159
Beethoven, Ludwig van, 85, 100, 102, 104, 108, 109, 111, 138
Bela adormecida, A, 131
Bela e a fera, A, 157
Berg, Alban, 153
Berio, Luciano, 155
Berlin, Irving, 157
Berlioz, Hector, 120
Bernstein, Leonard, 155, 157, 161
Berry, Chuck, 158
Billy Jean, 159
Binchois, Gilles, 63
Bizet, Georges, 120, 134, 142
Black Night, 158
Black or White, 159
Blues, 156
Boccherini, Luigi, 102, 111
Bodas de Fígaro, As, 106
Bohème, La, 136
Bolero, 141, 143
Bon Jovi, 158
Bonequinha de luxo, 157
Boris Godunov, 135
Borodin, Alexander, 120
Boulez, Pierre, 153
Bourrée, 78, 89
Brahma, 34, 39
Brahms, Johannes, 120, 132, 133, 139
Bresgen, Cesar, 155
Britten, Benjamin, 153
Broadway, 144, 154, 157
Bruch, Max, 120, 138
Bruckner, Anton, 120
Buxtehude, Dietrich, 80, 85, 89
Buzina, 37, 52, 53
Byrd, William, 63, 67

C´est si bon, 156
Cabaret, 157

Índice remissivo

Caçador de pássaros, O, 98, 98
Caccia, 50
Cadenza solo, 101
Cage, John, 153
Cambefort, Jean de, 71
Campanella, La, 124
Cancan, 134, 139
Canção, 50, 62, 66, 151, 157
Canção da gôndola veneziana, 119
Canção de ninar, 132
Canções sem palavras, 119, 121
Cânone, 50, 78
Cantatas, 82, 84, 103
Canto do cisne, 122
Canzone, 62
Caprichos, 121
Capricho italiano, 131
Cardillac, 154
Carey, Mariah, 159
Carlos V, 51
Carmen, 134
Carmina burana, 155
Carnaval dos animais, O, 134
Casa dos espíritos, A, 157
Castanhola, 36, 37
Catedral de Salamanca, 79
Cats, 157
Cavaleiro da rosa, O, 136
Cenas infantis, 119, 123
Chanson, 62, 65
Charakterstück, 119
Charamela, 34, 38, 52, 53, 55, 64, 79
Charamela dupla, 29, 31
Cherubini, Luigi, 102
Chifre de animal, 13
Child in Time, 158
Children´s Corner, 141
Chitarrone, 64
Chocalho, 17, 24, 28, 29, 31, 34, 52, 79
Chopin, Frédéric, 120, 125, 126
Chorus Line, A, 157
Címbalo, 34, 36, 37, 52
Circo, 37
Cisne, O, 134
Cistre, 64
Cítara, 29, 34, 35, 36, 37, 39, 165
Cítara abaulada, 33

Civilizações antigas, 20, 22, 28, 38
Clapton, Eric, 158
Clarineta dupla, 31
Clarinete, 34, 101, 103, 106, 111, 119, 120
Classic rock, 158
Classicismo, 90, 100, 101, 102, 110, 119, 152
Classicismo vienense, 100, 110
Claves, 29
Clavicórdio, 64, 79, 84
Clementi, Muzio, 102, 103, 111
Clemenza di Tito, La, 96
Cocker, Joe, 158
Coliseu, 37
Collins, Phil, 159
Colloredo, Hieronymus von (arcebispo), 106
Colombo, 59
Come Undone, 159
Comédia, 36
Compositor da corte, 74, 80
Concertino, 78
Concerto, 78, 80, 81, 84, 86, 89, 100, 101, 103, 104, 106, 108, 114, 115, 116, 117, 118, 120, 121, 122, 123, 124, 125, 126, 131, 132, 134, 135, 151, 152, 153, 154, 155, 157
Concerto em fá, 157
Concerto grosso, 78, 88
Concerto para a noite de Natal, 78
Concerto solo, 101
Concertos de Brandenburgo, 84
Concha, 17, 19
Confúcio, 33
Contos de Hoffmann, 134
Contos dos bosques de Viena, 130
Contrabaixo, 19, 101, 110, 119
Contrafagote, 101, 119
Cool jazz, 156
Copérnico, Nicolau, 59
Copland, Aaron, 155
Coral gregoriano, 45, 48, 54
Corcunda de Notre Dame, O, 157
Corda de bordão, 64
Corea, Chick, 156
Corelli, Arcangelo, 78, 80, 89
Cornamusa, 52

Corneta, 17, 64, 156
Cornetto, 64
Cornu, 37, 39
Coro da noiva, 129
Corrente, 78
Così fan tutte, 106
Cotton club, 149
Couperin, François, 80
Cravo, 60, 64, 78, 79, 82, 84, 86, 87,
Cravo bem temperado, O, 84
Credo, 50
Creole love call, The, 149
Crepúsculo dos deuses, 128
Crescendo, 103
Criação, A, 104
Criança suplicante, 119
Cromorno, 60, 64, 67, 79
Crótalo, 36, 37
Cultura micênica, 35
Czarda, 163
Czerny, Carl, 124

Dama de espadas, A, 131
Dança de passos lentos, 66
Danças eslavas, 135
Danças húngaras, 132
Danúbio azul, 130
Daphnis et Chloë, 141
Davis, Miles, 156
Debussy, Claude, 140, 141, 142, 143
Deep Purple, 158
Degas, Edgar, 140
Delibes, Léo, 120
Des Knaben Wunderhorn, 136
Desenvolvimento, 101
Deutsche Messe, 122
Devaneios, 119, 123
Diabelli, Anton, 102
Diaulo, 36, 37
Dichterliebe, 123

167

Índice remissivo

Dinâmica, 103
Dinastia Chang, 32
Dinastia Han, 33
Dioniso, 35, 36, 39
Dixieland, 156, 160
Dodecafonismo, 152, 153, 160
Don Giovanni, 106
Don Juan, 136
Doutor Jivago, 157
Dowland, John, 63
Dufay, Guillaume, 63
Dukas, Paul, 140, 143
Dunstable, John, 63
Dvorák, Antonín, 120, 135

E

Earth Song, 159
Eben, Petr, 155
Édipo Rei, 154
Educação musical, 32
Egito, 23, 26, 28, 30, 31, 38
Egk, Werner, 155
Eichendorff, Joseph von, 123
Ein feste Burg ist unser Gott, 62
Elektra, 136
Elgar, Edward, 155, 160
Elias, 121
Ellington, Duke, 149, 156, 161
Emerson, Lake & Palmer, 135
Eminem, 159
Ensaio sobre a verdadeira arte de tocar instrumentos de teclado, 103
Epitáfio de Seikilos, 35
Época do baixo contínuo, 76
Época Notre-Dame, 51
Era uma vez no oeste, 157
Erhard, Johann Christoph, 118
Erlkönig, 122
Escala cromática, 160
Escala dórica, 50
Escala frígia, 50
Escala mixolídia, 50

Escola de Mannheim, 103
Escrita cuneiforme, 20
Esfinge, 30
Espineta, 63, 64, 79, 161
Esqueceram de mim, 157
Estações, As, 104, 131
Esterházy, príncipe Nicolau I, 104, 122
Estilo expressivo, 103, 111
Estilo galante, 100, 111
Estudos de Paganini, 124
Estudo revolucionário, 126
Estudo Tristesse, 126
Eternity, 156
Eufrates, 20, 29
Eugene Onegin, 131
Euryanthe, 120
Exposição, 101
Expressionismo, 152

F

Fagote, 79, 101, 119
Falla, Manuel de, 140, 141, 143
Falstaff, 127
Fantasia-improviso, 126
Fantasia Wanderer, 122
Fantasma da Ópera, O, 157
Fauré, Gabriel, 120
Feel, 159
Festival de Bayreuth, 128
Fidélio, 108
Fitzgerald, Ella, 156
Flamenco, 163
Flauta, 13, 14, 16, 17, 19, 24, 29, 31, 32, 33, 39, 43, 52, 67, 78, 79, 101, 111, 119
Flauta doce, 64, 67, 79
Flauta mágica, A, 92, 96, 106, 110
Flauta piccolo, 101
Flauta transversal, 34, 64, 65, 67, 79
Foguete de Mannheim, 103
Folclore, 141, 143, 157

Folk rock, 158
Fonólitos, 33
Força do destino, A, 127
Forma sonata, 101, 142
Fórminx, 29, 36, 39
Francoatirador, O, 120
Frauenliebe und –leben, 123
Frauenlob (Heinrich von Meissen), 49
Free jazz, 156
Freihaustheater auf der Wieden, 97
Fröhlicher Landmann, 123
Frótola, 62
Fuga, 62, 78, 84, 136, 138, 154
Funny Face, 144
Für Elise, 108
Fusion, 156

G

Gabrieli, Andrea, 63
Gabrieli, Giovanni, 63
Gaita de foles, 34, 52
Galharda, 62, 78
Gamelão, 165
Gaspard de la nuit, 141
Gavota, 78
Gema, 136
Genzmer, Harald, 155
George I (rei), 86
Gershwin, George, 144, 148, 151, 155, 157, 161
Gershwin, Ira, 157
Gesualdo, Don Carlo, 63
Giga, 78
Gillespie, Dizzy, 156, 161
Gladiador, 8, 37, 39
Glazunov, Alexander, 155
Glockenspiel, 98, 119, 155
Gloria, 50
Gluck, Christoph Willibald, 102, 138
Guilherme IX, duque de Aquitânia, 49, 54

Índice remissivo

Goodman, Benny, 156
Gounod, Charles, 120
Gradus ad Parnassum, 103
Gregório I (papa), 45, 48, 54, 66
Gretchen am Spinnrade, 122
Grieg, Edvard, 120, 135
Grieg, Nina, 135
Guarneri, Giuseppe, 79
Guerra nas estrelas, 157
Guitarra, 158, 161
Guizo, 79
Gurrelieder, 153
Gutenberg, Johannes, 58

h

Haendel, Georg Friedrich, 55, 80, 85, 86, 87, 89, 105
Haley, Bill, 158
Halle, Adam de la, 49, 51, 54
Hamlisch, Marvin, 157
Hancock, Herbie, 156
Hänsel und Gretel, 128
Hard bop, 156
Hard rock, 158
Harpa, 22, 25, 29, 31, 36, 49, 52, 53, 79, 119, 138
Harpa angular, 29, 31
Harpa arqueada, 29, 31
Hassler, Hans Leo, 63
Haydn, Joseph, 100, 101, 102, 104, 105, 108, 110, 111
Heal the world, 159
Heavy metal, 158
Heidenröslein, 122
Heine, Heinrich, 123, 126
Hello Dolly, 156, 157
Hendrix, Jimi, 158
Henze, Hans Werner, 153, 155
Herman, Jerry, 157
Heroica, 108
Hieróglifos, 30, 38
High hat, 151

High society, 156
Hindemith, Paul, 153, 154, 160
Hinduísmo, 34
Hino ao sol, 30
Hinos a Apolo, 35
Hip-hop, 159
Holiday, Billie, 156
Holst, Gustav, 155
Honegger, Arthur, 155
Horner, James, 157
Hot intonation, 156
Houston, Whitney, 159
Huang-Ti (imperador), 32, 39
Hula-hula, 165
Hummel, Johann Nepomuk, 102
Humperdinck, Engelbert, 120, 128
Hydraulos, 37, 39

i

I just can´t stop loving you, 159
Ibert, Jacques, 155
Idade Média, 12, 40, 41, 42, 47, 48, 50, 51, 52, 54, 59, 60
Im wunderschönen Monat Mai, 123
Images, 141
Império Romano, 37
Impressionismo, 140, 141, 142, 152
Improvisação, 62, 76, 156
Improviso, 122, 126
Inacabada, 122
Índice Köchel (KV), 106
Intermezzo, 128
Instrumento de cordas, 67
Instrumento de percussão, 29, 31, 34, 36, 37, 38, 49, 52, 55, 64, 79, 152
Instrumento de sopro, 29, 31, 34, 36, 37, 38, 52, 53, 55, 60, 64, 76, 79, 106, 119, 125
Instrumento de sopro de madeira, 64
Instrumento de teclado, 85

Instrumento dedilhado, 64
Instrumento dos arautos, 53
Instrumento sinalizador, 36, 37
Isaac, Heinrich, 63

j

Jackson Five, 159, 161
Jackson, Michael, 159, 161
Janáček, Leos, 155
Jarre, Maurice, 157
Jarrett, Keith, 156
Jazz, 50, 100, 151, 152, 156, 160, 161
Jazz de Nova Orleans, 156
Jazz rock, 156, 158
Jeux d´eau, 141
John, Elton, 159, 161
Jovem lorde, O, 155
Jurassic park, 157

k

Kagel, Mauricio, 153
Kálmán, Emmerich, 155
Kander, John, 157
Kandinsky, Vassili, 152
Katchaturian, Aran, 155
Kelly Family, The, 159
Khufu-Anch, 31, 38
Kindertotenlieder, 136
Kinks, The, 158
Kiss me, Kate, 157
Klotz, Matthias, 79
Kluge, Die, 155
Köchel, Ludwig Ritter von, 106
Kodály, Zoltán, 155

Índice remissivo

König Hirsch, 155
Krishna, 39
Kyrie, 50

L

Lady be good, 157
Lago dos cisnes, 131
Lai, 50, 54
Lai, Francis, 157
Landini, Francesco, 51
Lasso, Orlando di, 50, 63, 67
Led Zeppelin, 158
Léhar, Franz, 155
Leitmotiv, 128, 139
Leoninus, 51, 55
Leopoldo II (imperador), 96
Lewis, Jerry Lee, 158
Lídia, 50
Liebestraum, 124
Lied erudito, 108, 119, 122, 123, 124, 126, 132, 136, 139, 153
Lieder eines fahrenden Gesellen, 136
Ligeti, György, 153
Lindberg, Charles, 148
Lindenbaum, Der, 122
Lira, 22, 28, 29, 31, 36, 37, 38, 52
Lira da braccio, 64
Lira da gamba, 64
Lira suméria, 29, 38
Liszt, Franz, 120, 124, 125, 132, 138
Little Richard, 158
Lituus, 37
Livros védicos, 34
Loewe, Frederick, 157
Lohengrin, 128, 129
Lortzing, Albert, 49, 120, 139
Louvre, 72
Love Story, 157
Ludus tonalis, 154
Ludwig II (rei), 128
Luís XIV (rei), 69, 72, 78, 80, 89
Lully, Jean-Baptiste, 72, 80, 81, 88
Lur, 17, 19
Lutero, Martinho, 62, 66
Luthier, 79
Lutoslawski, Witold, 155

M

Machaut, Guillaume de, 51
Madame Butterfly, 136
Madonna, 159
Madrigal, 50, 62
Magelone, 132
Mahler, Gustav, 120, 136, 137, 160
Mancini, Henry, 157
Mandola, 64, 67
Manon Lescaut, 136
Marcha fúnebre, 126
Marcha militar, 122
Marcha nupcial, 121
Marcha Radetzky, 130
Marcha turca, 106
Marching bands, 156, 160
Maria Teresa (imperatriz), 106, 107
Martinu, Bohuslav, 155
Mascarada, 77
Massenet, Jules, 120
Mathis der Maler, 154
Matracas, 52
Matracas de madeira, 24
Mazarin (cardeal), 71, 72
Mazurca, 126
McCartney, Paul, 159
Meck, Nadejda von, 131
Meissen, Henrique von, 49
Mendelssohn-Bartholdy, Felix, 119, 120, 121
Menestréis, 41, 44, 46, 49, 52, 54
Ménestrels, 49
Menken, Alan, 157
Mer, La, 141, 143
Mesopotâmia, 20, 22, 29
Messiaen, Olivier, 155
Messias, O, 86, 89
Mestre de capela, 63, 80, 82, 84, 86, 104
Mestres-cantores, 49, 128
Mestres-cantores de Nuremberg, Os, 49, 128
Metallica, 158
Metheney, Pat, 156
Meyerbeer, Giacomo, 120
Michelangelo, 58
Milhaud, Darius, 155
Miller, Glenn, 156
Minha pátria, 134
Minnesänger, 49
Minos (rei), 35
Minstrels, 49
Minueto, 78, 89, 101
Missa, 50, 51, 62, 63, 103, 104, 108, 122, 124
Missa da coroação, A, 96
Missa em dó maior, 106
Missa em si menor, 84
Missa Papae Marcelli, 63
Mistérios, 77
Moldava, O, 119, 134
Momento musical, 122
Mona Lisa, 57
Mond, Der, 155
Mondnacht, 123
Monet, Claude, 140
Monteverdi, Claudio, 77, 80, 88
Moon River, 157
Morcego, O, 130, 139
Mordente, 76
Morricone, Ennio, 157
Morte e a donzela, A, 122
Morte e transfiguração, 136
Morte em Veneza, 136
Morzin (conde), 104
Moses und Aron, 153
Moteto, 50, 51, 54, 62, 63, 66
Mozart, Leopold, 110
Mozart, Maria Anna (apelido: Nannerl), 106
Mozart, Wolfgang Amadeus, 55, 94, 96, 100, 102, 106, 107, 110
Muralha da China, 32
Música aleatória, 152, 160
Música aquática, 86, 89
Música chinesa, 32, 33

Índice remissivo

Música de salão, 119
Música do século XX, 144, 152
Música dos povos, 162
Música egípcia, 28, 30, 31
Música eletrônica, 152
Música franco-flamenga, 63
Música grega, 35
Música indiana, 34
Música militar, 33
Música nova, 136, 152, 153, 154, 160
Música para os fogos de artifício reais, 86, 89
Música pop, 115, 121, 159
Música popular, 121, 159
Música programática, 119, 138
Música romana, 37, 39
Musical, 144, 151, 157
Musical comedy, 157
Musical play, 157
Mussorgsky, Modest, 120, 121, 135, 141
My fair lady, 157

N

Nabucco, 127
Nabucodonosor II (rei), 20, 22
Navio fantasma, O, 128
Nefertiti, 23, 26, 27
Negro spiritual, 156
Neoclassicismo, 152
Neuma, 38, 48
Nirvana, 158
No Angels, 159
No Regrets, 159
Noches en los jardines de España, 141
Noite em Veneza, Uma, 130
Noite transfigurada, 153
Noiva vendida, A, 134
Nono, Luigi, 155
Notação coral, 38, 48
Notação musical mensural, 51
Notre-Dame, 51, 55
Noturno, 126
Nova Revista de Música, 123, 132
Nove musas, 35

O

Oberon, 120
Oberto, 127
Oboé, 78, 79, 101, 119
Oboé duplo, 31
Ockeghem, Johannes, 63, 67
Oferenda musical, 84
Off beat, 156
Offenbach, Jacques, 120, 134
Oh, fortuna, 155
Oitava, 35, 50
Ópera (gênero musical), 49, 55, 74, 77, 78, 80, 82, 86, 87, 88, 92, 96, 102, 103, 104, 106, 108, 118, 119, 120, 122, 127, 128, 129, 131, 134, 135, 136, 141, 151, 153, 154, 155, 157
Ópera (instituição) 77, 86, 129, 134, 141
Opereta, 119, 130, 134, 157
Oratório, 78, 82, 86, 89, 103, 104, 121
Oratório de Natal, 84
Ordinarium missae, 50
Orfeo, L´, 77
Orfeu e Eurídice, 102
Orfeu no inferno, 134, 139
Orff, Carl, 155
Orff-Schulwerk, 155
Órganon, 50, 54, 138
Órgão, 33, 37, 39, 52, 64, 79, 82, 84, 86, 122, 123, 124, 127, 136, 157, 161
Órgão de cinema, 157
Ornamento, 76, 126
Orquestra de câmara, 101, 119
Orquestra de jazz, 152
Orquestra de salão, 152
Orquestra sinfônica, 101, 119
Ospedale della Pietà, 80
Otello, 127
Ouro do Reno, O, 128

P

P´ai-Xiao, 33
Pã, 33, 36, 37, 67
Paganini, Niccolò, 113, 114, 116, 117, 120, 121, 124, 138
Paixão, 78, 144
Paixão segundo São João, 84
Paixão segundo São Mateus, 84
Palácio de Versalhes, 76
Palestrina, Giovanni Pierluigi da, 63, 67
Pandeiro, 28, 41
Pantera cor-de-rosa, A, 157
Papagena, 92, 99
Papageno, 92, 98
Parker, Charlie, 156
Parsifal, 128
Pássaro de fogo, O, 154
Pastoral, 108
Patética, 108, 131
Paukenmesse, 104
Paulo I (papa), 54
Pavana, 62, 66, 78
Peças líricas, 135
Pedro e o Lobo, 154, 160
Pelléas et Mélisande, 141
Penderecki, Krzysztof, 153
Pequena serenata noturna, Uma, 106
Pequeno livro de Anna Magdalena Bach, 84
Pequeno livro de teclado para Wilhelm Friedemann Bach, 76, 84, 102
Perotinus, 51, 55
Peterson, Oscar, 156
Petrushka, 154
Pfitzner, Hans, 155

Índice remissivo

Peer Gynt, 135
Piano, 96, 101, 103, 104, 106, 108, 111, 114, 115, 118, 119, 120, 121, 122, 123, 124, 125, 126, 131, 132, 134, 135, 136, 137, 138, 141, 148, 151, 153, 154, 155, 157, 161
Piano de cauda, 98
Pink Floyd, 158
Pio I (papa), 54
Pirâmide de Queóps, 30
Pitágoras, 35, 38
Platão, 35
Poema sinfônico, 119, 134, 136
Polca, 130, 139
Polca pizzicato, 130
Polifonia, 50, 54
Pollicino, 155
Polonaise, 126
Polonaise militar, 126
Porgy and Bess, 151
Porpora Nicola, 104
Porter, Cole, 157, 161
Praetorius, Michael, 63, 66
Pratos, 31, 34, 36, 37, 41, 44, 52, 101, 119, 155
Pré-classicismo, 90, 100, 102, 110, 111
Prélude à l'après-midi d'un faune, 141
Préludes, Les, 124
Prelúdio, 62, 66, 126, 141
Prelúdio da gota d'água, 126
Presley, Elvis, 158
Prez, Josquin des, 63
Primórdios da música, 9, 16, 18
Prinz von Homburg, Der, 155
Prokofiev, Sergei, 154, 155, 160
Ptolomeu, 59
Puccini, Giacomo, 120, 136, 137
Pulcinella, 154
Punk rock, 158
Purcell, Henry, 80, 82, 88

Quadros de uma exposição, 135, 141
Quarta, 50
Quarteto de cordas, 101, 104, 110, 127, 134, 141
Quarteto de cordas Imperador, 104
Quatro estações, As, 80, 89
Quebra-nozes, O, 131
Queen, 158
Quin Chi Huang Di (imperador), 32
Quinta, 50
Quinteto A truta, 122
Quirônomo, 30, 38

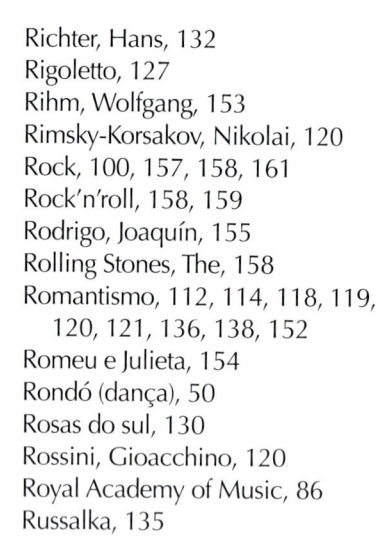

Rabeca, 41, 44, 49, 52, 53
Rachmaninov, Sergei, 151, 155
Rameau, Jean-Philippe, 80, 82, 89
Rap, 159
Rapsódia húngara, 124
Rapto do serralho, O, 106, 107
Reco-recos, 14, 17, 18
Ravel, Maurice, 135, 140, 141, 142, 143
Recitativo, 78, 128
Reforma, 62
Reger, Max, 120, 136, 137
Rei da valsa (vide Strauss II, Johann), 130, 139
Rei-sol (vide Luís XIV), 73, 80, 125
Renana, A, 123
Renascimento, 56, 57, 59, 60, 61, 62, 64, 66, 67, 110, 121
Reprise, 101
Réquiem, 106, 126, 127
Réquiem alemão, 132
Respighi, Ottorino, 140, 143
Rhapsody in blue, 151, 157
Ricercar, 62, 78

Richter, Hans, 132
Rigoletto, 127
Rihm, Wolfgang, 153
Rimsky-Korsakov, Nikolai, 120
Rock, 100, 157, 158, 161
Rock'n'roll, 158, 159
Rodrigo, Joaquín, 155
Rolling Stones, The, 158
Romantismo, 112, 114, 118, 119, 120, 121, 136, 138, 152
Romeu e Julieta, 154
Rondó (dança), 50
Rosas do sul, 130
Rossini, Gioacchino, 120
Royal Academy of Music, 86
Russalka, 135

'S wonderful, 151
Sachs, Hans, 49, 67
Sagração da primavera, A, 154
Saint-Saëns, Camille, 120, 134, 138
Sakades, 36
Salieri, Antonio, 102, 103, 108, 111, 124
Salomé, 136
Salpinge, 36
Saltério, 52, 53, 55
Sammartini, Giovanni Battista, 102
Sanctus com Benedictus, 50
Sand, George, 126
Sangue vienense, 130
Sânscrito, 34
Santana, 158
Sapateado, 144, 151, 165
Sarabanda, 78, 89
Sarangi, 34
Sarod, 34
Satchmo (vide Louis Armstrong), 156, 161
Satie, Erik, 140, 143, 155
Scabillum, 37
Scarlatti, Alessandro, 80, 82

Índice remissivo

Scarlatti, Domenico, 67, 80, 82
Scherzo, 126
Schikaneder, Emanuel, 110
Schnittke, Alfred, 155
Schoenberg, Arnold, 153
Schöne Müllerin, Die, 122
Schubert, Franz, 108, 120, 122, 139
Schubertíades, 122
Schuhplattler, 162
Schumann, Clara, 114
Schumann, Robert, 115, 117, 120, 123, 132, 139
Schütz, Heinrich, 80
Scorpions, 158
Scriabin, Alexander, 120
Serenata, 106, 122, 131
Serialismo, 152
Serpentão, 64, 67
Shannai, 34
She's the one, 159
Sheng, 33
Shiva, 34, 39
Shostakovitch, Dimitri, 155
Sibelius, Jean, 155
Siegfried, 128
Sinfonia, 101, 103, 104, 105, 106, 108, 110, 119, 120, 121, 122, 123, 124, 131, 132, 135, 136, 155
Sinfonia clássica, 101, 154
Sinfonia da primavera, 123
Sinfonia do adeus, 104, 111
Sinfonia dos Alpes, 136
Sinfonia dos mil, 136
Sinfonia dos salmos, 154
Sinfonia escocesa, 121
Sinfonia italiana, 121
Sinfonia Júpiter, 106, 111
Sinfonia Praga, 106
Sinfonia surpresa, 104, 105
Sino, 34, 52
Sinos de mão ou pendente, 33
Sintetizador, 157
Siringe, 36, 37, 39
Sistema alfabético, 35
Sistro, 31
Smetana, Bedrich, 120, 134, 139
Smith, Bessie, 156
Smoke on the water, 158
Soft rock, 158

Sombrero de tres picos, El, 141
Sonata, 101, 103, 104, 106, 108, 110, 124, 126, 133, 136, 142
Sonata ao luar, 108
Sonata da primavera, 108
Sonata facile, 106
Sonata Kreutzer, 108
Sonatina, 101, 103
Song plugger, 148
Sonho de uma noite de verão, 121
Sons da Morávia, 135
Spears, Britney, 159
Spice Girls, The, 159
Spohr, Louis, 102
Stadtpfeifer (pífaro municipal), 49
Stamitz, Johann, 102, 103
Stockhausen, Karlheinz, 153, 155
Stolz, Robert, 155
Stradivari, Antonio, 79
Strange kind of woman, 158
Strauss II, Johann (filho), 120, 130, 132, 139
Strauss, Johann (pai), 120, 130
Strauss, Richard, 120, 136, 137
Stravinsky, Igor, 153, 154, 160
Suíte, 78, 82, 84, 89, 134, 153
Sumérios, 20, 29
Summertime, 157
Suppé, Franz von, 120
Süssmayr, Franz Xaver, 94
Sweelinck, Jan Pieterszoon, 63
Swing, 156

Tabla, 34
Take That, 159
Tambor, 19, 29, 31, 33, 34, 52, 64, 79, 164
Tambores de madeira, 17, 33
Tamborim, 36, 37, 155
Tambura, 34
Tannhäuser, 49, 128
Tarantela, 163

Tchaikovsky, Piotr Ilitch, 120, 131, 139
Teatro, 35, 36, 37, 39, 74, 76, 77, 82, 86, 91, 97, 99, 134, 136, 150, 157
Teatro alla Scala, 77
Teatro de ópera, 77, 118
Teatro de ópera em Sydney, 77
Teatro de revista, 157
Teatro do Festival de Bayreuth, 128
Teatro musical, 155, 157
Tecno, 159
Teclado, 52, 62, 76, 158
Telemann, Georg Philipp, 80, 82, 83, 103
Teorba, 64, 67, 79
They don't care about us, 159
Tíbia, 37, 39
Till Eulenspiegel, 136
Timbale, 34, 37, 79, 105
Tímpano, 36, 37, 64, 79, 101, 119, 155
Tin Pan Alley, 148
Titanic, 157
Tocata, 62, 66
Tocata e fuga em ré menor, 84
Tosca, 136
Tragédia, 36
Traviata, La, 127
Trecento, 51
Triângulo, 52, 101, 119
Trilha sonora, 136
Trillo, 76
Tristão e Isolda, 128
Tritsch-Tratsch-Polca, 130
Trois Frères, 16, 18
Trombeta, 22, 29, 31, 37
Trombeta marinha, 52, 55 64
Trompa, 37, 52, 64, 79, 101, 119, 137,
Trompete, 36, 53, 64, 79, 101, 111, 119, 138, 156, 161
Troubadour, 49
Trouvère, 49
Trovatore, Il, 127
Tuba, 10, 37, 119
Turandot, 136
Turner, Tina, 159
Tutti, 78

173

Índice remissivo

V

Vai, pensamento, sobre asas douradas, 127
Valquírias, As, 128
Valsa, 126, 130
Valsa do imperador, 130
Valsa do minuto, 126
Valsa Mefisto, 124
Varèse, Edgar, 155
Variações e fuga sobre um tema de Mozart, 136
Variações Goldberg, 84
Verdi, Giuseppe, 120, 127, 129
Vésperas da Virgem, 77
Vida de herói, Uma, 136
Viela de roda, 52, 53, 55
Vihuela, 64
Vina, 34
Vinci, Leonardo da, 57
Viola, 79, 101, 110, 119
Viola da braccio, 64, 67
Viola da gamba, 64, 67, 79
Violão, 60, 64, 121
Violinista diabólico (vide Paganini, Niccolò), 116, 138
Violino, 19, 43, 71, 74, 78, 79, 80, 101, 106, 108, 110, 113, 114, 117, 119, 121, 122, 124, 130, 131, 132, 154, 155, 161
Violino de pescoço, 43
Violoncelo, 78, 79, 84, 101, 110, 119, 123, 134
Virelai, 50
Virginal, 64, 65
Vitry, Philippe de, 51, 54
Vivaldi, Antonio, 80, 81, 89
Vogelweide, Walther von der, 49, 54
Vom Himmel hoch, da komm ich her, 62

W

Wagner, Richard, 55, 120, 124, 128, 129, 132, 139
Webber, Andrew Lloyd, 157
Weber, Carl Maria von, 120
Weill, Kurt, 155
West Side Story, 161
What a wonderful world, 156
When the saints go marching in, 156
Wieck, Clara, 114, 115, 123
Wieck, Friedrich, 115, 123
Wilder Reiter, 123
Willaert, Adrian, 63
Williams, John, 157
Williams, Robbie, 159
Winterreise, Die, 122, 139
Wir bauen eine Stadt, 154
Wolf, Hugo, 120
Wolkenstein, Oswald von, 49, 54
Wonder, Stevie, 159, 161

X

Xerxes, 86
Xilofone, 119, 155

Y

Yun, Isang, 155

Z

Zawinul, Joe, 156
Zeus, 39
Zimmer, Hans, 157
Zimmermann, Bernd Alois, 155
Zunidor, 14, 17, 18

Créditos

p. 16: Pintura rupestre da Idade da Pedra, século XV a.C.; caverna Trois Frères, França.

p. 27: Busto de Nefertiti, Egito, Reino Novo, 18ª dinastia, por volta de 1.340 a.C., Museu Egípcio, Berlim.

p. 28: Orquestra de animais, 1ª dinastia de Ur, por volta de 2.450 a.C., University Museum, Filadélfia.

p. 28: Harpista, Egito, 25ª dinastia, 751-656 a.C., Museu do Cairo.

p. 28: Um grego tocando aulo e outro bebendo e cantando, taça de Duris, Coleção Estatal de Antiguidades, Munique, por volta de 480 a.C.

p. 29: Músico com harpa angular, relevo em pedra assírio, por volta de 700 a.C., British Museum, Londres.

p. 30: Quirônomos, relevo em pedra calcária pintada, de Sakkara, 5ª dinastia.

p. 30: Esfinge egípcia.
© National Portrait Gallery / Getty Images

p. 31: Pintura em túmulo egípcio, por volta de 1.400 a.C.

p. 32: Muralha da China.
© Andrea Raab, Mainz

p. 34: Deus Shiva.
© Karin Reinhard/Getty Images

p. 35: Escrita tonal grega, inscrição na tesouraria ateniense, em Delfos, segunda metade do século II, distrito de Apolo.

p. 35: Pitágoras, de Martin Argicola, *Musica Instrumentalis*, 1532.

p. 36: Estátua de bronze de um tocador de *fórminx*, provavelmente de origem cretense, final do século VIII a.C., Museu de Iraklion, Creta.

p. 37: O Coliseu romano.

p. 37: Mosaico com músicos da Villa de Cícero em Pompeia, século II a.C., Museo Nazionale, Nápoles.

p. 48: Notação em neumas: tropo de Tuotilo, St. Gallen, séc. X.

p. 48: Notação coral com notas quadradas: Montpellier Codex, escola de Notre-Dame.

p. 49: Retrato de Hans-Sachs.

p. 49: Retrato de Walther von der Vogelweide.

p. 50: Três cantores acompanhados de alaúde, pintura da escola de Ferrara.

p. 51: Notação mensural: moteto "Tribum/Quoniam secta/Merito" do *Roman de Fauvel*, de Philippe de Vitry, 1316, Bibliothèque Nationale, Paris.

p. 51: Miniatura com representação alegórica sobre Guillaume de Machaut.

p. 51: Ilustração: Notre-Dame.

p. 52: Detalhe do manuscrito de Manesse, início do séc. XIV.

p. 53: Músicos em festa, ilustração bíblica francesa, por volta de 1250.

p. 53: Miniaturas (4 peças) com instrumentos das *Cantigas de Santa Maria* de Afonso X de Castela (1221-1284).

p. 57: Detalhe da *Mona Lisa*, de Leonardo da Vinci (1492-1519), Louvre, Paris.

p. 62: Retrato de Martinho Lutero.

p. 62: A *galharda*, de Matteo [di Giovanni] da Siena (1430-1495), pintura em baú, Huntington Museum.

p. 63: A capela da corte de Munique sob a regência de Orlando di Lasso (à espineta), miniatura do pintor da corte muniquense Hans Mielich (1516-1573).

p. 63: Giovanni Pierluigi da Palestrina.

p. 63: Orlando di Lasso aos 28 anos, miniatura de Hans Mielich.

p. 64: Teorba fabricada por Magnus Tieffenbrucker, Veneza, 1576, Museu de Instrumentos Musicais no Museu Municipal de Munique.

p. 64: Charamela alto, cromornos, cornetas, cornamusa com fole, de Michael Praetorius, *Syntagma musicum*, vol. II, Wolfenbüttel, 1619.

p. 65: Três mulheres tocando, mestre flamengo anônimo, séc. XVI.

p. 65: Cena musical numa taverna, tapeçaria francesa, Musée des Arts Décoratifs, Paris.

p. 65: *Virginal*, Veneza, séc. XVI.

P. 76: Palácio de Versalhes, pintura de Patel Pierre Le Père (1605- 1676).

Créditos

p. 77: Claudio Monteverdi, pintura de Bernardo Strozzi (1581-1644), Museu Ferdinandeum do Tirol, Innsbruck.

p. 77: Teatro de Ópera em Sydney. © Monika Heinrich, Mainz

p. 77: Teatro alla Scala, de Milão Crédito: Information about Milan www.milano24ore.net

p. 78: *A dança*, de Daniel Chodowiecki (1726-1801).

p. 78: Cena da ópera *Giunio Bruto*, 3° ato, de Alessandro Scarlatti, cenografia de Filippo Juvarras.

p. 79: Quadro com instrumentos musicais, pintura de Pieter Jacob Horemans (1700-1756), Coleção Estatal de Pinturas da Baviera, Museu Nacional Bávaro em Munique.

p. 79: Foto do órgão barroco.

p. 80: Retrato de Heinrich H. Schütz (1585-1672), Coleção Lebrecht, Londres.

p. 80: Jean-Baptiste Lully (1632-1687).

p. 80: Antonio Vivaldi (por volta de 1678-1741), desenho de P. L. Ghezzi, Roma, 1723.

p. 82: Henry Purcell (1659-1695).

p. 82: Jean-Philippe Rameau (1683-1764), cópia de retrato de Jean-Siméon Chardin (1699-1779), Musée de l´Opéra, Paris.

p. 82: Georg Philipp Telemann (1681-1767).

p. 82: Domenico Scarlatti (1685-1757).

p. 84: Johann Sebastian Bach como jovem primeiro-violinista na corte do duque de Weimar, 1715.

p. 84: Igreja e Escola de São Tomás, em Leipzig, gravura colorida em cobre de Johann Gottfried Krügner, 1723.

p. 85: Música matinal na casa da família Bach, pintura de Toby E. Rosenthal, séc. XIX.

p. 86: Georg Friedrich Haendel (1685-1759).

p. 86: Visão dos fogos de artifício e da iluminação sobre o Tâmisa, 15 de maio de 1749, gravura da época em cobre, colorida.

p. 87: *A fera encantadora* ou *O porco harmônico*, caricatura de Haendel, por Joseph Goupy, 1754.

p. 97: Cartaz da ópera *A flauta mágica*.

p. 100: *A praça de São Miguel em frente ao castelo imperial*, água-tinta, colorida, por volta de 1800, por Karl Postl (1769-1818), segundo Karl Schütz.

p. 101: Orquestra sinfônica clássica © Bibliographisches Institut GmbH, Mannheim

p. 102: Christoph Willibald Gluck (1714-1787), retrato por Joseph-Siffred Duplessis, Paris, 1775, Museu de História da Arte, Viena.

p. 103: Carl Philipp Emanuel Bach (1714-1788).

p. 103: Johann Stamitz (1717-1757).

p. 103: Antonio Salieri (1750-1825).

p. 103: Muzio Clementi (1752-1832).

p. 104: Joseph Haydn (1732-1809) ao piano, guache de Johann Zitterer, por volta de 1795.

p. 104: Príncipe Nicolau I Esterházy, Museu Nacional de Budapeste.

p. 105: *Haydn´s Surprise Symphony*, por volta de 1959, de Gerard Hoffnung, do livro *Hoffnung's Acoustics* © The Hoffnung Partnership London

p. 106: Wolfgang Amadeus Mozart ao piano, pintura a óleo inacabada de Joseph Lange, 1789.

p. 106: Wolfgang Amadeus Mozart em traje de corte, fonte não identificada.

p. 107: *O jovem Mozart é apresentado à imperatriz Maria Teresa*, pintura de Eduard Ender, 1869.

p. 108: Ludwig van Beethoven, pintura de Ferdinand Schimon, por volta de 1818.
© Beethoven-Haus Bonn

p. 108: Aparelhos auditivos de Beethoven.
© Beethoven-Haus Bonn

p. 109: Desenho de Ludwig van Beethoven, por Johann Peter Lyser.
© Beethoven-Haus Bonn

p. 118: *Artista descansando nas montanhas*, pintura de Johann Christoph Erhard, 1819, Kunsthalle de Bremen.

Créditos

p. 119: Grande orquestra sinfônica © Bibliographisches Institut GmbH, Mannheim

p. 120: Carl Maria von Weber (1786-1826), desenho a lápis segundo retrato de Ferdinand Schimon, 1825.

p. 121: Niccolò Paganini (1782-1840), cópia parcial de uma pintura de Georg Friedrich Kersting (1783-1847).

p. 121: Felix Mendelssohn-Bartholdy, aquarela de James Warren Childe, Londres, 1829.

p. 122: Franz Schubert, retrato de Wilhelm August Rieder, 1825, Museu Histórico da Cidade de Viena.

p. 123: Robert Schumann, miniatura de 1840.

p. 123: Clara Wieck, litografia de Andreas Staub, 1838.

p. 124: Franz Liszt, pintura a óleo de Ary Scheffer (1795-1858).

p. 124: Ludwig van Beethoven abraça o pequeno Liszt, litografia para um folheto comemorativo, 1873, Academia de música Franz Liszt de Budapeste.

p. 125: Franz Liszt num concerto em Berlim, 1841/1842, gravura colorida de Adolf Brennglas, Coleção Lebrecht, Londres.

p. 125: Desenhos de Jankó.

p. 126: Frédéric Chopin, quadro de Ary Scheffer, 1847, Museu Dordrechts, Holanda.

p. 126: Frédéric Chopin no salão do príncipe Anton Radziwill, pintura de Henryk Siemiradzki, 1887.

p. 127: Giuseppe Verdi, pintura de Giovanni Boldini, 1886, Casa di Risposo G. Verdi, Milão.

p. 127: Giuseppe Verdi em sua juventude, gravura em cobre.

p. 127: Giuseppe Verdi na fazenda Sant´Agata, aquarela de Leopoldo Metlicowitz.

p. 128: Richard Wagner, segundo uma pintura de Franz von Lenbach, 1871, Museo Teatrale Alla Scala, Milão.

p. 128: Cartaz policial à procura de Richard Wagner, Memorial Richard Wagner, Bayreuth.

p. 128: Teatro de Ópera em Bayreuth.

p. 130: Johann Strauss II, *No Céu*, detalhe, silhueta de Otto Böhler.

p. 130: J. Strauss II regendo sua orquestra num baile da corte, Museu Histórico da Cidade de Viena.

p. 130: Retrato de J. Strauss II.

p. 130: J. Strauss II regendo sua valsa em Boston num festival internacional de música.

p. 131: Piotr Ilitch Tchaikovsky, retrato de Nikolaj Kusnezow, 1893.

p. 131: Nadejda von Meck (1831-1894).

p. 132: Johannes Brahms, pintura de Ludwig Michalek.

© Staats- und Universitätsbibliothek Hamburg, Brahms-Archiv

p. 132: Clara e Robert Schumann, litografia de Eduard Kaiser, colorida posteriormente, 1847.

p. 132: Brahms amava o jogo de cartas, ilustração.

p. 133: Johannes Brahms com charuto ao piano, Polydor International, Hamburgo.

p. 133: Johannes Brahms a caminho do O Ouriço Vermelho, caricatura de Otto Böhler.

p. 134: Jacques Offenbach (1819-1880).

p. 134: Camille Saint-Saëns (1835-1921).

p. 134: Bedrich Smetana (1824-1884), Coleção Lebrecht, Londres.

p. 134: Georges Bizet (1838-1875), fotografia de 1875.

p. 135: Antonín Dvořák (1841-1904).

p. 135: Edvard Grieg e sua mulher Nina, 1895, pintura de P. S. Kroyer.

p. 135: Modest Mussorgsky (1839-1881), pintura de Ilja Jemifowitsch Repin, 1881.

p. 136: Giacomo Puccini (1858-1924).

p. 136: Richard Strauss (1864-1949), gravura de Ferdinand Schutzler (1870-1929).

p. 136: Gustav Mahler (1860-1911).

Créditos

p. 136: Max Reger (1873-1916), pintura de Max Beckmann, 1917.
© Beckmann, Max/Licenciado por AUTVIS, Brasil, 2010

p. 137: Max Reger como maestro, caricatura de Wilhelm Thielmann, 1913.

p. 140: *Impressão, sol nascente*, de Claude Monet, 1872, Musée Marmottan, Paris.

p. 140: *Prima ballerina*, de Edgar Degas (1834-1917).

p. 141: Claude Debussy, retrato em pastel de Marcel Baschet, Museu Municipal de Saint-Germain-en-Laye.

p. 141: Maurice Ravel de pijama, de Achille Ouvré, 1909.

p. 141: *El Jaleo*, de J. P. Sargent (1856-1925), Isabelle Stewart Gardner Museum, Boston.

p. 152: *Impressões III*, de Vassily Kandinsky, 1911.
© Kandinsky, Wassilij/Licenciado por AUTVIS, Brasil, 2010

p. 152: Exemplo de notação gráfica, *La Historia de Emiliano*, de Eduardo Flores Abad, 1992.
© ConBrio Verlagsgesselschaft mbH, Von-der-Tann-Str. 38, 93047 Regensburg, Germany

p. 153: Arnold Schoenberg (1874-1951), retrato de Egon Schiele (1890-1918).

p. 154: Igor Stravinsky, pintura de Jacques-Emile Blanche (1892-1939).
© Blanche, Jacques-Emile/ Licenciado por AUTVIS, Brasil, 2010

p. 154: Sergei Prokofiev, pintura (detalhe) de Pjotr Kontschalovski, 1934.

p. 154: Paul Hindemith (1895-1963).
© Archiv Schott Music, Mainz – Germany

p. 155: Carl Orff com seu cavalo Fridolin. © Hannelore Gassner

p. 155: Hans Werner Henze.
© Archiv Schott Music, Mainz – Germany

p. 156: Louis Armstrong
© Redferns/Getty Images

p. 157: George Gershwin 1936 em Washington.
© akg-images

p. 158: Bon Jovi.
© Redferns/Getty Images

p. 158: Deep Purple.
© Redferns/Getty Images

p. 159: Robbie Williams.
© Redferns/Getty Images

p. 159: Michael Jackson.
© Redferns/Getty Images